Amélie Nothomb

Klopf an dein Herz

ROMAN

Aus dem Französischen von
Brigitte Große

Diogenes

Titel der 2017 bei Éditions Albin Michel, Paris,
erschienenen Originalausgabe: ›Frappe-toi le cœur‹

Covermotiv: Foto von LiLiROZE

www.diogenes.ch
60/19/852/1
ISBN 978 3 257 07086 6

Marie mochte ihren Namen. Er war gar nicht so banal, wie alle meinten, sie war mit ihm zufrieden. Wenn sie sagte, sie heiße Marie, verfehlte das nie seine Wirkung. »Marie«, wiederholten die Leute dann bezaubert.

Doch der Erfolg kam nicht nur von ihrem Namen. Sie war hübsch und wusste es. Groß und von schöner Gestalt, illuminiert von einem leuchtenden Blond, fiel sie überall auf. In Paris hätte niemand Notiz von ihr genommen, aber die Stadt, in der sie lebte, war weit genug entfernt, um nicht zur Banlieue gerechnet zu werden. Sie hatte immer schon da gelebt, alle kannten sie.

Als Marie neunzehn war, schlug ihre Stunde. Ein grandioses Leben erwartete sie, das wusste sie. Sie lernte Sekretärin, was nichts zu bedeuten hatte – irgendwas musste man ja lernen. Das war 1971. »Platz für die Jugend!«, hörte man überall.

Auf Partys traf sie Gleichaltrige. Fast jeden Abend gab es irgendwo in der Stadt ein Fest, wenn man die Leute kannte, und sie versäumte kein einziges. Nach einer unspektakulären Kindheit und einer langweiligen Jugend ging es endlich los. »Ab jetzt dreht sich mein Leben nur noch um mich, es ist meine Geschichte, nicht mehr die meiner Eltern oder meiner Schwester.« Die Ältere hatte im letzten Sommer einen braven Jungen geheiratet und war schon Mutter. Als Marie ihr gratulierte, dachte sie: ›Schluss mit lustig, Schwesterlein!‹

Marie berauschte sich daran, von den Männern bewundert und von den Mädchen beneidet zu werden, ganze Nächte durchzutanzen, im Morgengrauen nach Hause zu gehen und zu spät zur Schule zu kommen. »Ach, Marie, mal wieder zu lang gefeiert!«, rügte der Lehrer dann mit vorgetäuschter Strenge. Die hässlichen Entlein, die immer pünktlich waren, schauten neidisch. Und Marie lachte strahlend.

Wenn man ihr gesagt hätte, dass die Zugehörigkeit zur Jeunesse dorée einer Provinzstadt nichts Außergewöhnliches verheißt, hätte sie es nicht geglaubt. Sie erwartete nichts Spezielles, sie wusste nur, dass es phantastisch werden würde. Morgens beim Aufwachen spürte sie in ihrem Herzen einen lauten Lockruf und ließ sich von dieser Begeisterung tragen. Jeder neue Tag versprach unerhörte Ereignisse, welche, wusste sie nicht. Sie liebte das Gefühl, dass bald etwas passieren würde.

Wenn die Mädchen im Unterricht über ihre Zukunft sprachen, lachte Marie heimlich über sie.

Ehe, Kinder, Haus – das war ihnen genug? Wie dumm, seine Hoffnungen in Wörter zu packen, noch dazu in so klägliche. Marie gab ihrer Erwartung keinen Namen, sie genoss das Grenzenlose daran.

Es gefiel Marie, wenn die Jungs auf den Partys nur Augen für sie hatten, und sie achtete darauf, keinen zu bevorzugen – erbleichen sollten sie vor Angst, nicht von ihr erwählt zu werden. Welche Wonne, hundertfach umschwärmt und tausendfach begehrt, aber nie erreicht zu werden!

Doch etwas anderes bescherte ihr eine noch größere Freude: die Eifersucht der anderen Mädchen. Wenn sie die Missgunst in deren traurigen Augen sah, bekam sie vor Wollust einen ganz trockenen Mund. Sie labte sich an den bitteren Blicken, die sie trafen, auch weil sie besagten, dass es Maries Geschichte war, um die es hier ging, und die anderen nur als Statistinnen zum Fest geladen waren. Sie würden sich mit Brosamen begnügen müssen und in dem Drama, das zur Aufführung kam, höchstens an einer verirrten Kugel sterben, also an etwas, das nicht für sie bestimmt war.

Einzig Marie war etwas bestimmt, und ihr höchstes Glück lag in diesem Ausschluss der anderen. Hätte man ihr erklären wollen, dass die Kehrseite der Eifersucht wieder die Eifersucht ist und es kein hässlicheres Gefühl gibt, hätte sie mit den Schultern gezuckt. Und solange sie im Mittelpunkt der Party tanzte, kam sie dank ihrem charmanten Lächeln damit durch.

Olivier war der hübscheste Junge der Stadt: schlank, südländisch dunkel, der Sohn des Apothekers, in dessen Fußstapfen er einmal treten würde. Und da er außerdem nett, lustig und hilfsbereit war, mochten ihn alle. Letzteres war Marie nicht entgangen. Kaum aufgetaucht, hatte sie das Spiel schon gewonnen, und Olivier verliebte sich Hals über Kopf in sie. Dass das niemandem verborgen blieb, genoss Marie besonders. Der quälende Neid in den Augen der anderen Mädchen wich dem Hass, und die Lust, so angestarrt zu werden, ließ Marie erbeben.

Olivier missdeutete dieses Beben als Zeichen der Liebe. Er wagte es sogar, sie zu küssen. Marie wandte den Kopf nicht ab, schaute aber zur Seite, um die Verheerung auszuloten, die sie damit anrichtete: Ihr Dämon hatte mit diesem Kuss brutal zugebissen, was sie tief aufseufzen ließ.

Der Rest lief nach einem hunderttausend Jahre alten Mechanismus ab. Marie, die sich davor gefürchtet hatte, dass es weh tat, wunderte sich, dass sie so wenig empfand, abgesehen von dem Moment, als alle sahen, wie sie gemeinsam die Party verließen. Es gefiel ihr, für eine Nacht die Rolle der besten Nachwuchsdarstellerin zu verkörpern.

Trunken vor Glück, verbarg Olivier seine Liebe nicht. Marie war nun die strahlende Primadonna. »Was für ein schönes Paar!«, sagten die Leute. »Wie gut sie zueinander passen!« Das machte Marie so glücklich, dass sie sich selbst für verliebt hielt. Dabei erfreute sie das Lächeln der Eltern weniger als der schiefe Mund gleichaltriger Mädchen. Wie herrlich, die Hauptrolle in diesem Erfolgsfilm zu spielen!

Sechs Wochen später schon platzte ihr Traum. Der Arzt bestätigte ihre Befürchtung. Verzweifelt gestand sie die Neuigkeit Olivier, der sie sogleich in die Arme schloss.

»Das ist ja wunderbar, Liebling! Lass uns heiraten!«

Sie brach in Tränen aus.

»Du willst nicht?«

»Doch«, schluchzte sie. »Aber ich hatte mir das ganz anders vorgestellt.«

»Das macht doch nichts«, sagte er und umarmte sie freudig. »Wenn man sich so liebt wie wir, hat man eben früh Kinder. Warum damit warten?«

»Mir wäre es lieber gewesen, wenn keiner was gemerkt hätte.«

»Sie werden nichts merken«, sagte er zärtlich, weil er ihre Befürchtung für ein Zeichen der Scham hielt. »Alle haben doch mitgekriegt, dass wir total verliebt sind. In zwei Wochen heiraten wir. Dann wirst du immer noch eine Jungmädchentaille haben.«

Sie verstummte, weil ihr die Argumente ausgingen. In zwei Wochen, rechnete sie, könnte sie nie und nimmer die grandiose Hochzeitsfeier organisieren, die ihr vorschwebte.

Olivier stellte ihrer beider Eltern vor vollendete Tatsachen und verschwieg ihnen auch nicht den Grund für die Eile, was allseits Begeisterung hervorrief: »Ihr lasst aber auch nichts anbrennen! Wie schön, es gibt ja nichts Besseres, als jung Kinder zu kriegen!«

›So ein Quatsch‹, dachte Marie, doch sie täuschte Stolz vor, in der Hoffnung, dass man ihr das Glück abnahm.

Die Hochzeit war so perfekt, wie es die kurzen Vorbereitungen erlaubten. Olivier war begeistert.

»Danke, mein Liebling!«, sagte er beim Tanzen. »Mir hat immer gegraut vor einem stundenlangen Festmahl mit irgendwelchen Onkeln, die man noch nie zuvor zu Gesicht bekommen hat. Dank dir wurde es ein Fest der Liebe mit einem schlichten Essen und mit Gästen, die uns wirklich nahe stehen!«

Auf den Fotos sieht man einen überglücklichen Bräutigam und eine Braut mit gezwungenem Lächeln.

Der Hochzeitsgesellschaft gefiel das junge Paar. Deshalb fand Marie trotz intensiver Suche in keinem Gesicht den Ausdruck des Neides, der ihr das Gefühl gegeben hätte, dass dies der schönste Tag ihres Lebens war. Sie hätte sich ein rauschendes Fest gewünscht mit massenhaft Gaffern, missgünstigen Lästermäulern und eifersüchtigen Mauerblümchen, die mürrisch auf ihre Robe schielten. Peinlicherweise hatte sie sich mit dem Hochzeitskleid ihrer Mutter begnügen müssen.

»Schau, damals war ich genauso schlank wie du jetzt«, hatte diese ausgerufen, als sie feststellte, wie gut das Nachkriegsmodell ihrer Tochter passte.

Diesen Kommentar fand Marie unterirdisch.

Das junge Paar zog in ein hübsches Stadthaus unweit der Apotheke. Marie hätte so gern die Möbel ausgesucht, wurde aber im zweiten Schwangerschaftsmonat von einer ungeheuren Müdigkeit befallen. Das sei ganz normal, versicherte der Arzt, besonders bei einer Erstgebärenden. Nicht ganz so normal war allerdings, dass diese Erschöpfung bis zum neunten Monat anhielt.

Sie wachte nur auf, um zu essen, und ihr Appetit war enorm.

»Ich höre mit der Ausbildung auf, das ist mir zu blöd«, eröffnete sie zwischen zwei Bissen ihrem Mann.

»Du bist auch viel zu intelligent, um Sekretärin zu werden«, antwortete er.

Das verblüffte sie. Sie hatte doch nicht vorgehabt, wirklich Sekretärin zu werden! Ob sie einen kaufmännischen Beruf erlernte oder einen landwirtschaftlichen, machte für sie keinen Unterschied. Und was meinte Olivier eigentlich mit »intelligent«? Sie wollte dieses Thema lieber nicht vertiefen und ging wieder zu Bett.

Schlafen zu können, so viel man will, hat etwas

Schwindelerregendes an sich. Wenn sie sich hinlegte, spürte sie, wie sich der Abgrund des Schlafs unter ihr öffnete, und sie ließ sich, ohne darüber nachzudenken, sofort fallen. Hätte sie nicht ständig Hunger gehabt, wäre sie nie wieder aufgewacht.

In der zehnten Woche bekam sie plötzlich Lust auf Eier. Sie rief dann jeweils Olivier in der Apotheke an und verlangte: »Mach mir weiche Eier, sieben Minuten, nicht mehr, nicht weniger!«

Der junge Ehemann ließ alles stehen und liegen und eilte nach Hause, um Eier zu kochen. Es war unmöglich, diese im Voraus zuzubereiten, denn Eier garen weiter, solange man sie nicht gegessen hat. Er schälte sie sorgfältig und brachte sie auf einem Tablett ans Bett seiner Frau, die sie mit bestürzender Gier verschlang, außer wenn er nicht aufgepasst und sie siebeneinhalb Minuten im heißen Wasser gelassen hatte, dann stieß sie sie weg – »Daran ersticke ich!« –, oder nur sechseinhalb Minuten, dann schloss sie die Augen und stöhnte, sie finde das ekelhaft.

»Hab keine Hemmungen, mich mitten in der Nacht aufzuwecken, wenn dir danach ist«, sagte Olivier.

Diese Ermahnung war überflüssig, denn sie hatte keinerlei Hemmungen. Wenn die Eier verzehrt waren, schlummerte sie wieder ein. Man musste kein Psychologe sein, um darin eine Flucht zu sehen, auch wenn niemand in ihrem Umkreis das verstand. Die seltenen Male, in denen Marie nicht schlief, sondern nachdachte, sagte sie sich: ›Ich bin schwanger, ich bin neunzehn, und meine Jugend ist vorbei.‹

Dann tat sich der Abgrund des Schlafs wieder auf, und sie ließ sich erleichtert fallen.

Olivier betrachtete sie zärtlich, wenn sie ihre Eier aß, und fragte sie manchmal, ob sie die Tritte des Babys schon spüre. Nein, sagte sie dann, es sei sehr zurückhaltend.

»Ich muss ständig an unser Kind denken«, sagte er.

»Ich auch«, log sie.

Neun Monate lang verschwendete sie keinen einzigen Gedanken an das Kind in ihrem Bauch. Glücklicherweise, sonst hätte sie es gehasst. Ein instinktiver Schutzmechanismus ließ sie ihre Schwangerschaft wie eine lange Absenz erleben.

»Was glaubst du, wird es ein Junge oder ein Mädchen?«, fragte er manchmal.

Sie zuckte mit den Schultern. Wenn er sie auf die Wahl des Namens ansprach, verweigerte sie sich. Er respektierte ihre Entscheidung. In Wahrheit schaffte sie es nicht, sich auch nur eine Sekunde lang über das Baby Gedanken zu machen. Es blieb ihr zutiefst fremd.

Die Niederkunft erlebte sie als abrupte, unangenehme Rückkehr in die Wirklichkeit. Als sie das Neugeborene schreien hörte, staunte sie: Das war also die ganze Zeit in ihr drin gewesen.

»Ein Mädchen, Madame«, verkündete die Hebamme.

Marie empfand nichts, weder Enttäuschung noch Befriedigung. Sie hätte sich gern erklären lassen, was sie empfinden sollte. Aber sie war so müde.

Als ihr das Kind auf den Bauch gelegt wurde, sah sie es an und fragte sich, welche Reaktion von ihr erwartet wurde. Dann durfte Olivier zu ihr. Er zeigte alle Gefühle, die sie hätte haben sollen: umarmte sie hingerissen und gratulierte ihr, dann nahm er das Baby in den Arm und rief mit Tränen in den Augen: »Du bist das entzückendste kleine Mädchen, das ich je gesehen habe!«

Maries Herz versteinerte. Olivier zeigte auf das Gesicht des Kindes und rief: »Schau, Liebling, was du für ein Meisterwerk geschaffen hast!«

Marie nahm ihren ganzen Mut zusammen und betrachtete ihr Geschöpf. Es hatte bräunliche Haut und ganz kurze schwarze Haare. Und kein einziges rotes Mal wie so oft bei Neugeborenen.

»Sieht aus wie du, nur als Mädchen«, sagte sie zu Olivier. »Wir sollten sie Olivia nennen.«

»Nein, sie ist schön wie eine Göttin. Wir nennen sie Diane«, entschied der junge Vater.

Marie billigte diese Entscheidung, aber ihr Herz versteinerte immer mehr. Olivier legte ihr das Baby in die Arme. Sie sah ihr Kind an und dachte: ›Das ist jetzt nicht mehr meine Geschichte. Sondern deine.‹

Das war am 15. Januar 1972. Marie war zwanzig Jahre alt.

Die kleine Familie kehrte zurück nach Hause. Bevor Olivier morgens in die Apotheke ging, gab er Diane das Fläschchen. Wenn Marie mit dem Kind allein war, war ihr das unangenehm, was sie nicht ganz verstand. Sie bemühte sich, es so selten wie möglich anzusehen. Windelnwechseln war nicht das Problem. Es war das Gesicht, das sie störte. Sie gab ihm das Fläschchen und wandte den Blick ab.

Anfangs hatten sie oft Besuch. Freunde kamen vorbei, um das Baby zu sehen. »Was für eine Schönheit!«, bekam Marie dann zu hören. »Unglaublich, so ein hübsches Kind!« Sie versuchte, den Schmerz zu verbergen, den sie dabei empfand. Am meisten aber verletzte sie die große Liebe ihrer Eltern für Diane.

»Dein Kind ist ja noch hübscher als du, alle Achtung!«, sagte ihr Vater.

Die Mutter sah, wie sie die Lippen zusammenkniff, und behielt ihre Komplimente für sich. Aber ihr entzückter Blick war Marie nicht entgangen und schmerzte.

Ungeduldig wartete sie darauf, dass die Besucher

wieder gingen. Wenn sie weg waren, steckte sie die Kleine in die Wiege, wo sie ihrem Blick entzogen war.

Dann legte sie sich aufs Bett, blickte zur Decke und dachte: ›Es ist vorbei. Ich bin zwanzig, und es ist schon vorbei. Wieso ist die Jugend so kurz? Meine ganze Geschichte hat nur sechs Monate gedauert.‹ Das ging ihr ständig durch den Kopf. Wenn sie wenigstens hätte schlafen können wie in der Schwangerschaft! Aber sie hatte nicht mehr die Ruhe abzutauchen, sie musste sich der Wirklichkeit stellen – diesen Satz hatte sie irgendwo gelesen, aber nicht ganz verstanden, sie ahnte nur, dass er etwas Unerträgliches enthielt.

Diane war ein braves Kind. Nur bei der Geburt hatte sie geschrien. Später gab sie keinen Mucks mehr von sich. Sie strahlte jeden an, der sich ihr näherte. »Dieses Kind ist ein Sechser im Lotto«, sagten die Leute zu Marie.

Wenn Olivier am frühen Abend von der Arbeit kam, lagen seine Frau und seine Tochter schweigend da, ein paar Meter voneinander entfernt. Um die Kleine machte er sich keine Sorgen, das kam ihm normal vor.

»Ich bin müde«, war Maries ewiggleiche Antwort auf seine besorgten Fragen.

»Soll ich ein Kindermädchen engagieren?«

Marie lehnte ab, die Vorstellung von einer Unbekannten im Haus war ihr unangenehm.

»Deine Mutter ist nicht berufstätig. Wir könnten Diane zu ihr bringen«, schlug Olivier vor.

»Sag doch gleich, dass du mir nicht zutraust, für das Baby zu sorgen!«, fauchte Marie ihn an.

Sie wusste, dass ihre Mutter genau das denken würde.

Wenn der junge Vater seine Tochter auf den Arm nahm und sie ihn lächelnd anlallte, schmolz er dahin und überschüttete sie mit Zärtlichkeiten: »Meine Hübsche, mein Schatz, mein Glück!«, rief er und bedeckte ihr Gesicht mit Küssen. Er merkte nicht, dass Marie daneben erbleichte. Dann gab er Diane das Fläschchen und brachte sie zu Bett.

»Wie blass du bist, Liebling!«, rief Olivier, als er seine Frau ansah.

»Ich schaffe es nicht, uns ein Abendessen zu machen«, murmelte sie.

»Dann gehen wir eben ins Restaurant!«

»Wir können nicht weg«, sagte sie und wies mit dem Kinn auf die Wiege.

»Soll ich die Babysitterin anrufen?«

»Ich mach das schon.«

Sie legte Wert darauf, immer selbst mit Madame Testin – 55 Jahre, Gleitsichtbrille, Mundgeruch – zu telefonieren. Wenn sie sah, wie ihre Tochter das Gesicht abwandte, wenn die Dame aus nächster Nähe zu ihr sprach, musste sie sich ein Lachen verbeißen.

Im Restaurant erholte Marie sich wieder, und ihr alter Hochmut kehrte zurück. Der neidische Blick der Serviererinnen tat ihr besonders gut. Ihr Lieblingslokal war das, in dem eine ehemalige Klassenkameradin arbeitete – der grausame Vergleich war so tröstlich.

Leider verdarb ihr der gute Olivier öfter den Abend, indem er gurrte: »Meine Liebste, ich bin dir so dankbar für das Geschenk unserer Tochter.«

Dann senkte Marie den Blick, um ihre Enttäuschung zu verbergen. Ihr Mann hielt das für Bescheidenheit und war gerührt.

Mit der Zeit machte Olivier sich ernsthaft Sorgen. Monate vergingen, und Marie war immer noch nicht wieder auf dem Damm. Wo war die Lebensfreude der jungen Frau geblieben, die er geheiratet hatte? Immer wich sie seinen Fragen aus.

»Würdest du lieber arbeiten gehen?«

»Ja, aber was? Ich habe doch meine Lehre abgebrochen.«

»Für eine Sekretärin bist du sowieso zu intelligent.«

»Das hast du schon einmal gesagt. Und wofür bin ich intelligent genug?«

»Ich könnte in der Apotheke eine Buchhalterin gebrauchen.«

»Davon habe ich keine Ahnung.«

»Das kann man lernen. Ich bin mir sicher, du würdest das großartig machen.«

»Und das Baby?«

»Ich werde mit deiner Mutter sprechen und ihr sagen, dass man nicht gleichzeitig Buchhaltung lernen und sich um ein Baby kümmern kann.«

Olivier erzählte dann aber seiner Schwiegermutter etwas ganz anderes: Ihre Tochter stecke mitten in einer Wochenbettdepression, und nur die Aussicht auf Arbeit könne ihre Lebenslust wiedererwecken. Ob sie so lange ihre Enkeltochter hüten wolle? Er würde sie jeden Abend abholen kommen.

»Das mache ich doch gern!«, sagte die Großmutter. Und jubilierte innerlich, nachdem der Schwiegersohn gegangen war: ›Gesegnet sei Olivier!‹

»Ich hätte nie gedacht, dass Marie depressiv sein könnte«, sagte ihr Mann.

»Quatsch, die ist doch nicht depressiv! Sie ist krankhaft eifersüchtig auf ihre Tochter. Und das vergiftet sie.«

»Warum sollte sie auf die Kleine eifersüchtig sein?«

»Was für eine Frage! Wir haben uns doch immer

bemüht, gerecht zu sein zu unseren beiden Töchtern. Nie hat eine mehr gekriegt als die andere. Brigitte hätte Grund gehabt, eifersüchtig zu sein auf ihre kleine Schwester, die viel hübscher war als sie. Aber sie war es nie, sondern Marie war es. Ich dachte, das Problem hätte sich nun bei ihr erledigt. Immerhin wurde sie zur schönsten Frau der Stadt und hatte eine großartige Hochzeit. Aber nein! Ich habe mit eigenen Augen gesehen, wie eifersüchtig sie auf ihre Tochter ist.«

»Was kann man einem Säugling denn neiden?«

»Die Kleine ist entzückend und zieht alle Aufmerksamkeit auf sich – das reicht.«

»Glaubst du, dass sie sie misshandelt?«

»Nein. Marie ist weder bösartig noch verrückt. Aber sie empfindet nicht die geringste Zärtlichkeit für ihr Kind. Für die arme Diane muss das ziemlich schlimm sein.«

»Wie kann man ein solches Engelchen nicht lieben?«

Die Großeltern begrüßten ihre Enkelin überschwenglich, schon weil sie wussten, wie sehr sie unter dem Mangel an Liebesbeweisen litt. Der Alltag des Kindes veränderte sich nun von Grund auf.

Vorher gab es zwei Höhepunkte in Dianes Leben: morgens und abends, wenn ihr Vater sie aus der Wiege nahm, um sie zu wickeln und zu füttern, und sie mit Küssen und zärtlichen Worten überschüttete. Zwischen diesen Ufern des Tages oder der Nacht dehnte es sich ins Unendliche – hundert Jahre Helligkeit oder Dunkelheit, in denen nichts passierte. Manchmal nahm die gleichgültige Göttin sie auf, um ihre Windeln zu wechseln oder ihr das Fläschchen zu geben. Aber sie war von einer so fremden Art, dass sie sie anfassen konnte, ohne sie zu berühren, und anblicken, ohne sie zu sehen. Diane riss die Augen ganz weit auf in der Hoffnung, von der Göttin wahrgenommen zu werden, manchmal wagte sie es sogar, ein Lallen auszusenden, aber vergebens. Wenn sie wieder in ihrem Bettchen lag, war immerhin die Qual der Hoffnung vorbei. Dann konnte sie wenigstens gewiss sein, dass sie nichts zu erwarten hatte. Abgesehen von morgens und abends natürlich, aber diese Ereignisse schienen immer so weit entfernt, dass es besser war, nicht daran zu denken. Also füllte sie ihr Nichts damit aus, sich zu fragen, warum der köstliche Duft der Göttin ihr so vertraut erschien, ja mehr noch, ihr das Herz zerriss.

Doch plötzlich war alles anders. Der Vater trug sie in einer Tasche fort und legte sie in die Arme ihrer Großmutter, die so alt war wie Madame Testin, mit dem Unterschied, dass sie gut roch und ihre Zärtlichkeiten wohltuend waren. Mit ihr verschwand das Nichts. Sie drückte sie ans Herz oder setzte sie in ihr Laufställchen, einen Ort für sie ganz allein, von dem aus sie ihre Großmutter beobachten konnte. Diese war im selben Maße aktiv und gesprächig wie die Göttin passiv und schweigsam. Während sie kochte, kommentierte sie, was sie im Radio hörte. Und wenn sie aß, setzte sie Diane in einen hohen Stuhl und bot ihr einen Teller von dem an, was sie für sich gekocht hatte. Dann durfte sie, musste aber nicht probieren, und das war manchmal köstlich.

Vor allem aber sah Oma sie an und redete mit ihr. Bei ihr existierte sie nicht nur morgens und abends, sondern ununterbrochen, und das war umwerfend. Manchmal nahm sie sie sogar mit nach draußen, wo sie schwindelerregende Abenteuer erlebten. Sie gingen gemeinsam zum Markt, um Gemüse zu kaufen, Früchte auszusuchen, die Welt zu erkunden. Oma machte die Welt zu einem aufregenden Ort, und das jeden Tag aufs Neue.

Abends holte Papa sie unter hinreißenden Gefühlsbezeugungen wieder ab, um sie zur Göttin zurückzubringen, der es inzwischen wieder besserging, auch wenn sie sie immer noch nicht ansah. Wenn sie ihrer Tochter das letzte Fläschchen gab und sie dann zu Bett brachte, spürte Diane das Leben in diesem großen Körper pulsieren.

Olivier sollte recht behalten: Marie entwickelte eine wahre Leidenschaft für die Buchhaltung. Schon während sie angelernt wurde, offenbarte sich ihr Talent für Zahlen, die sie langweilten, solange sie abstrakt blieben, aber faszinierten, sobald sie Geld darstellten. Denn Geld hatte die grandiose Eigenschaft, Neid zu erwecken. Marie merkte schnell, dass sie davon mehr besaß als der Durchschnitt der Stadtbewohner, und jubilierte innerlich. Sie wusste natürlich, dass man nicht zeigen durfte, wie sehr man es liebte. Und das steigerte wiederum die Lust.

Marie erwies sich nicht nur als perfekte Buchhalterin, sondern auch als raffinierte Geschäftsfrau. Sie richtete in der Apotheke ein Regal mit Kosmetikprodukten ein, für die sie selbst das Aushängeschild war. Wenn Kundinnen sie nach dem Geheimnis ihres frischen Teints und ihrer schimmernden Haut fragten, hütete sie sich, zu sagen, dass sie einundzwanzig war, sondern wies mit verschwörerischer Miene auf eine teure Gesichtscreme hin.

Olivier verliebte sich noch ein bisschen mehr in seine Frau, die bald wieder schwanger wurde. Doch diesmal schien es sie nicht so zu belasten. Sie änderte nichts an ihrem Leben und arbeitete weiter wie zuvor.

Eines Nachts hatte sie einen Albtraum, der bei Frauen während der zweiten Schwangerschaft ziemlich häufig ist: Sie träumte, dass ihr erstes Kind starb. Auf dem Höhepunkt der Angst wachte sie auf und wollte sofort überprüfen, ob es wirklich nur ein Traum war. Sie stürzte zur Wiege und nahm ihr Kind heraus. Das wurde dadurch aus dem Schlaf gerissen und erlebte ein Wunder: Die Göttin drückte es an sich, stammelte immer wieder: »Du lebst, du lebst!«, und bedeckte es mit Küssen. Diane riss die Augen weit auf, um in der Dunkelheit möglichst viel zu sehen. Das Gesicht der Göttin hatte sich vollkommen verändert, es leuchtete vor Zärtlichkeit und Erleichterung. Also ließ sie sich in diese unglaublich verwirrende Umarmung fallen. Ihr ganzes Wesen war vollständig durchdrungen von unermesslicher Lust. Der unsagbar liebliche Duft der Göttin umhüllte sie und überschwemmte all ihre Sinne. So lernte sie den intensivsten Rausch der Welt kennen: die Liebe. Die Göttin war ihre Mutter, und sie liebte sie.

»Schlaf gut, mein Baby«, sagte Marie schließlich und legte das Kind zurück in die Wiege.

Dann ging sie wieder zu Bett.

In dieser Nacht schlief Diane nicht mehr. Die Offenbarung der Liebe ging ihr durch und durch. Auch bei Papa, Oma und Opa spürte sie, dass sie liebte und geliebt wurde. Aber was sie in den Armen ihrer Mutter empfunden hatte, war etwas völlig anderes, es grenzte an Magie: eine Macht, die sie erhob, erstarren ließ, vor Glück zermalmte. Das lag am Geruch ihrer Mutter, der betörender war als das exquisiteste Parfum; an ihrer Stimme, die in dieser Nacht bezaubernder geklungen hatte als jede Musik, die Diane bisher gehört hatte; und schließlich an ihrer zarten Haut und dem seidigen Haar, die diese Umarmung in eine lange sanfte Liebkosung verwandelt hatten.

Diane durfte nicht wieder einschlafen – sie wollte sicher sein, dass sie nicht geträumt hatte. Sie hatte schon erfahren, dass man im Schlaf manchmal seltsame Dinge erlebte. Dann musste man eine Weile wach bleiben, um sich davon zu überzeugen, dass sie nicht real waren. Diesmal war es umgekehrt: Je länger sie wach blieb, desto weniger Zweifel hatte sie an der Wirklichkeit des Ereignisses.

Das also war der Sinn, die Seinsgrundlage jedes Lebens, dafür war man auf der Welt, bestand schwere Prüfungen, bemühte sich weiterzuatmen und hielt jede Menge Langeweile aus: um die Liebe kennenzulernen. Ob es noch andere Quellen der Liebe gab als die Göttin? Wohl eher nicht. Sie hatte oft genug beobachten können, wie sich Papa mit einem glückseligen Ausdruck im Gesicht in Mamas Arme schmiegte.

Und noch ein weiteres Mysterium wollte bedacht werden: In der Umarmung hatte sie etwas pochen gefühlt und erkannt, dass es das Herz der Göttin war, das in deren großer Brust schlug. Aber sie hatte noch ein zweites Herz von weiter unten gehört. Ob das irgendwie mit dem außergewöhnlich runden Bauch der Vielgeliebten zusammenhing? Und warum rief das diese verschwommenen Bilder in ihr hervor, wehmütige Erinnerungen an eine Nähe, die nicht von dieser Welt war?

Diane schaffte es, nicht wieder einzuschlafen. Mit leidenschaftlicher Ungeduld erwartete sie den Morgen. Als ihr Vater sie für das Ritual des Aufwachens aus der Wiege nahm, wandte sie das Gesicht ihrer Mutter zu, um herauszufinden, ob die Verwandlung von Dauer war. Doch die sah sie nicht an und sprach auch nicht mit ihr – es war ein Tag wie alle anderen. Da wurde ihr klar, dass ihre

Mutter den nächtlichen Vorfall vergessen hatte. Und wenn sie sich doch daran erinnerte, hatte sie ihn wohl als Traum abgetan.

Das Herz des Kindes krampfte sich zusammen vor Schmerz. Aber etwas Starkes, Klares in seinem Inneren sagte: ›Ich aber erinnere mich daran, und ich weiß, dass es kein Traum war, ich weiß, dass die Göttin meine Mutter ist, dass sie mich genauso liebt wie ich sie und dass es diese Liebe gibt.‹

Eines Morgens brachte Marie die Kleine zu ihren Eltern. Während der kurzen Zeit, die sie in ihren Armen lag, versuchte Diane, den Duft und die Weichheit der Vielgeliebten wiederzufinden, aber die bemerkte das nicht einmal. Als Maries Vater die Tür öffnete, erkannte er den flehenden Ausdruck im Gesicht des Kindes und die Gleichgültigkeit seiner Tochter.

»Willkommen, mein Schatz, mein Tausendschönchen ...«, begrüßte er Diane zärtlich und drückte sie an sich.

»Es ist lächerlich, so mit ihr zu reden«, sagte die Göttin eisig und ging.

Von dieser Bemerkung entsetzt, begriff er, dass seine Frau recht hatte. Er sah die Klugheit und den Ernst in den Augen des Kindes und beschloss, es ihm zu erklären: »Deine Mutter ist nicht böse, mein Engel. Sie ist nur eifersüchtig. So ist das einfach, und du kannst nichts dafür, so war sie schon immer. Verstehst du, was eifersüchtig heißt?«

Die Zweijährige bejahte.

»Das ist jetzt unser Geheimnis.«

Hatte sie dieses Wort schon einmal gehört? Egal,

jedenfalls glaubte sie zu wissen, was es damit auf sich hatte. Und hielt das für eine gute Neuigkeit: Es war also die Eifersucht, die ihre Mutter daran hinderte, ihre Liebe zu zeigen. Das war ihr schon öfter aufgefallen. Wenn ihr Vater »Diane, mein Schätzchen!« rief oder wenn die Leute jemand anderen bewunderten, verzerrte sich das Gesicht der Göttin, und eine Grimasse aus Wut und Enttäuschung überschattete ihre Schönheit. In solchen Momenten schien sie beinahe zu ersticken.

»Ich bin mir nicht sicher, ob es richtig war, ihr das zu sagen«, seufzte Oma, als sie hereinkam.

»Ich weiß das schon lange«, erklärte das Kind.

Verdutzt sahen sich die Großeltern an.

Zu Hause nahm der Vater Diane an der Hand und führte sie in ein unbekanntes Zimmer mit einem neuen Bett.

»Das ist dein Zimmer, mein Schatz. Deine Mutter bekommt ein Baby, das in deiner Wiege schlafen wird. Und du hast jetzt ein eigenes Bett wie eine Große. Aber solange das Baby noch nicht da ist, kannst du auch bei uns bleiben.«

»Kann ich trotzdem hier schlafen?«

»Gefällt es dir? Ja, kannst du.«

Diane freute sich, einen Raum für sich zu haben, und brachte gleich ihr Spielzeug dorthin.

»Schön, dass die Kleine gar nicht eifersüchtig ist

auf das Baby«, hörte sie ihren Vater zu ihrer Mutter sagen.

Also hätte sie auch eifersüchtig sein können, überlegte sie. Das Gefühl war nicht der Göttin allein vorbehalten. Diese Erkenntnis bestärkte sie in der Annahme, dass das Problem nicht so schlimm war.

Auch über das Baby machte Diane sich Gedanken: Ob die Mutter wohl auf das neue Kind so eifersüchtig sein würde wie auf sie?

Sie aß gerade bei den Großeltern, als das Telefon läutete. Oma stieß einen Schrei aus und rief: »Wir kommen!«

Dann legte sie auf und sagte: »Dein Brüderchen ist da!«

Diane hatte nicht damit gerechnet, dass das neue Baby auch ein Junge sein könnte. Ob das etwas änderte?

Die Mutter hielt ein winziges Wesen im Arm und sah es zärtlich an.

»Schau mal, Schätzchen, das ist Nicolas!«, begrüßte der Vater lächelnd seine Tochter.

»Nicolas!«, rief die Großmutter aus. »Sieht aus wie Diane als Junge!«

»Stimmt«, befand Olivier. »Er ist das Ebenbild seiner Schwester.«

›So soll ich ausgesehen haben, als ich auf die Welt kam?‹, fragte sich Diane beim Anblick des Neugeborenen. Sie fand ihren Bruder schön und schloss ihn sofort ins Herz. Doch was sie am meisten überraschte, war, dass ihre Mutter ihn offenbar anhimmelte. ›Auf ihn ist sie also nicht eifersüchtig‹, schloss sie.

»Wie süß«, rief die Großmutter, und die Mutter bedankte sich strahlend.

Für Diane war das eine Offenbarung: Ihre Mutter konnte sich also über ein Kompliment für ihr Kind freuen.

Tatsächlich, dass es ein Junge war, schien alles zu ändern. Seltsamerweise tat ihr das gar nicht weh. Dass es eine Erklärung dafür gab, freute und beruhigte sie. Sie wünschte sich auch nicht, ein Junge zu sein. Was hätte das bringen sollen? Außerdem war sie sich nicht sicher, ob sie gern ein Junge gewesen wäre.

»Kann ich ihn einmal halten?«, fragte sie.

Diane durfte sich zu ihrer Mutter aufs Bett setzen und ihren kleinen Bruder vorsichtig in den Arm nehmen. An ihre Mutter geschmiegt, fühlte sie das warme, strampelnde kleine Leben, das diese ihr anvertraut hatte. Es war ein magischer Moment. Nun gab es also eine neue wichtige Person auf der Erde.

Darüber musste Diane erst einmal ausführlich nachdenken.

Im ersten Schritt ihrer Analyse konnte sie nachweisen, dass ihre Mutter offenbar männliche Wesen bevorzugte. Papa war ein Mann – das war ein gewichtiger Punkt in der Beweisführung. Aber es ging noch weiter. In der Gesellschaft von Männern benahm sich die Göttin ganz anders. Sie hielt sich aufrechter, war bestimmter, aber auch sanfter und sagte außergewöhnliche Dinge.

Im zweiten Schritt nahm sie die Eifersucht unter die Lupe. Konnte man sagen, dass diese nur Frauen gegenüber auftrat? So einfach war es auch wieder nicht. Mama hatte sich auch über Papa schon furchtbar aufgeregt und ihm vorgeworfen, dass er einer Frau nachgeschaut habe. Einmal hatte sie auch zu ihm gesagt, sie sei für die Apotheke mindestens genauso wichtig wie er. Eifersucht beruhte offensichtlich auf einer Konkurrenz, die nicht nur Frauen betraf. Das war ganz schön kompliziert. Noch undurchsichtiger wurde das Ganze dadurch, dass das höchste Ziel der Eifersucht darin bestand, Männer wie Frauen auf sich neidisch zu machen – da war dann merkwürdigerweise das Geschlecht egal.

Aus all diesen Überlegungen wurde sie nicht schlauer als zuvor; immerhin war Mama froh, dass sie einen Sohn hatte. Und was zu ihrem Glück beitrug, machte auch alle anderen glücklich.

Diesmal plagte Marie nicht der Hauch einer Depression. Nach drei Tagen war sie wieder auf den Beinen. Eine Woche später nahm sie die Arbeit in der Apotheke wieder auf und war Nicolas eine hingebungsvolle Mutter. Ein Mutterschaftsurlaub hätte ihr aufs Gemüt geschlagen, sagte sie. Wenn sie abends ihre Kinder von den Großeltern abholte, stürzte sie sich als Erstes auf das Baby, das sie herzte und küsste.

Einmal nahm die Großmutter sie beiseite und sagte: »Es kann schon sein, dass du eines von deinen Kindern lieber hast, aber du solltest es nicht so sehr zeigen. Das ist hart für die Kleine.«

»Ach was! Das merkt die doch gar nicht!«

»Da täuschst du dich! Sie ist sehr weit für ihr Alter, ich staune oft über ihre geistige Reife.«

»Also wirklich, was für ein Trara immer um Diane gemacht wird!«, maulte Marie verkniffen.

›Sie ist immer noch eifersüchtig‹, dachte ihre Mutter seufzend.

Doch die Kleine schien nicht unter der Situation zu leiden. Wie sie ihren Bruder mit Küssen überhäufte, war bewundernswert. Offensichtlich war sie nicht eifersüchtig.

Marie konnte sich nicht damit begnügen, glücklich zu sein, sie wollte ihr Glück allen zeigen, die sie für weniger begünstigt hielt. Aus diesem Grund näherte sie sich ihrer älteren Schwester wieder an und lud sie jeden Sonntag mit ihrer Familie zum Essen ein. Der Weg zur Hölle ist mit guten Vorsätzen gepflastert; umgekehrt können die finstersten Absichten ehrliche Freude hervorbringen. Brigitte, eine liebenswürdige, anständige Person, freute sich über die Einladung.

»Das Muttersein tut meiner Schwester gut«, sagte sie zu ihrem Mann. »Sie hat ihren Hochmut abgelegt und nimmt wieder Verbindung zu mir auf. Das ist schön.«

»Du hast recht, Liebling. Ich erkenne sie kaum wieder, sie ist richtig aufgeblüht und ganz reizend.«

In Brigittes Gegenwart hörte Marie nicht auf zu strahlen, und dabei dachte sie: ›Sie ist mit einem Dachdecker verheiratet und hat zwei hässliche, dumme Töchter – wie sehr muss sie mich beneiden!‹ Tatsächlich liebte Brigitte ihr Leben und freute sich über den Erfolg ihrer Schwester. Véronique und Nathalie liebten Diane und Nicolas. Alain verstand sich wunderbar mit Olivier. Die sonntäglichen Mittagessen waren für alle Momente der Freude.

Diane bewunderte ihre Cousinen, die zwei Jahre älter waren als sie. Sie fand die Zwillinge, die einander bis in ihre Pummeligkeit glichen und ständig lächelten, entzückend. Und Tante Brigitte war so nett und brachte jedes Mal eine Schachtel Pralinen mit.

An einem Sonntag nach dem Kaffee bot Brigitte ihrer Nichte nach einer ersten eine zweite Praline an. Marie ging dazwischen: »Kommt nicht in Frage. Die machen dick!«

»Aber Marie, deine Tochter ist doch dünn wie ein Hering!«, sagte Brigitte.

»Und das soll auch so bleiben!«, schnitt Marie ihr das Wort ab.

Diane erschauerte, als sie das hörte. Die Aussage war schon unangenehm genug, wirklich schlimm aber war der scharfe Ton, der besagte: ›Ich möchte nicht, dass meine Tochter Spaß hat.‹ Tante Brigitte hatte das offenbar auch so verstanden und war schockiert. Diane konnte es nicht ausstehen, wenn andere Leute mitbekamen, wie schlecht sie von ihrer Mutter behandelt wurde, weil es ihr zwar gelang, sich selbst eine beruhigende Erklärung dafür zu geben, nicht aber, diese auch zu vermitteln und andere in ihre Kosmogonie einzuführen, die sich in diesem Fall folgendermaßen zusammenfassen ließ: ›Die Göttin liebt mich, nur eben auf ihre Art, sie zeigt es nicht so gern, weil ich ein Mädchen bin, ihre Liebe zu mir ist ein Geheimnis.‹

Als ihre Schwester einmal nicht hinsah, umarmte Tante Brigitte ihre Nichte und flüsterte ihr ins Ohr: »Ich habe eine Praline für dich mitgebracht.«

»Nein, danke, Tantchen, ich möchte nicht.«

Brigitte bestand nicht darauf, betrachtete die Kleine aber verblüfft.

Wenn Brigitte und ihre Familie wieder weg waren, machte Marie immer irgendwelche abfälligen Bemerkungen: »Die Zwillinge sind doch tatsächlich noch dicker geworden!« oder: »Habt ihr gesehen, wie Alain das Essen in sich hineinschlingt? Als ob er zu Hause hungern müsste.«

Olivier lächelte über diese Gehässigkeiten, weil er sie für ein Zeichen der Verbundenheit zwischen den Schwestern hielt.

Mit zweieinhalb kam Diane in den Kindergarten. Und war überglücklich. Die Erzieherin war nett und sehr schön mit ihren langen Haaren. Sie hatte nicht das Problem der Göttin, sondern mochte Mädchen und Jungen gleichermaßen, was sie ohne Scheu zeigte. Von der braven Diane war sie ganz entzückt. Manchmal nahm sie sie in die Arme, und die Kleine genoss es, wenn ihre langen Haare ihr Gesicht streichelten.

Normalerweise holte Oma sie vom Kindergarten ab. Dann küsste die Erzieherin sie auf beide Wangen und sagte: »Bis morgen, Schätzchen!« Sprachlos vor Glück warf sich die Kleine in die Arme ihrer Großmutter.

Manchmal holte auch ihre Mutter sie ab. Die Machtübergabe zwischen den beiden Gottheiten war eine heikle Angelegenheit. Die Erzieherin schwärmte von Diane und merkte nicht, wie die Mutter die Lippen zusammenkniff und die Tochter blass wurde.

Einmal empörte sich Marie im Auto: »Diese Frau ist ja nicht auszuhalten, ich gebe dich in einen anderen Kindergarten.«

Schlagfertig erwiderte das Kind: »Sie hat mir vom Mousse au chocolat auch keinen Nachschlag erlaubt.«

Daraufhin änderte Marie ihr Urteil, und von einem Wechsel war nie mehr die Rede.

Inzwischen trat Nicolas in die Fußstapfen seiner Schwester und wuchs zu einem hübschen, intelligenten, frühreifen, reizenden Kind heran. Diane liebte ihren kleinen Bruder und spielte stundenlang mit ihm, zum Beispiel ein Pferd, das ihn auf dem Rücken trug und herumgaloppierte. Wenn sie wieherte, lachte Nicolas.

Olivier sagte seiner Frau immer wieder, dass er ihr nie genug würde danken können für dieses Glück. Diane befand, dass an der Eifersucht doch auch etwas Gutes sei: Immerhin wusste sie deshalb, dass Mama Papa liebte. Sie gab sich wirklich Mühe, ihre Mutter zu verstehen. Es musste Gründe für ihr Verhalten geben. Sonst war es nicht zu erklären, dass eine mit so hohen Qualitäten gesegnete Göttin sich zu so niedrigen Ansichten hinreißen ließ.

Diane liebte ihre Mutter so sehr, dass sie schon mit vier nachvollziehen konnte, warum Marie so enttäuscht vom Leben war. Es entsprach einfach nicht ihren Erwartungen. Auch wenn es besser geworden war, würde sie doch nie mehr sein als eine

Apothekersfrau, keine Königin, und obwohl Olivier der aufmerksamste und liebevollste Ehemann war, den man sich vorstellen konnte, war er eben doch kein König. So groß war die Liebe des Mädchens zu seiner Mutter, dass es sogar nachfühlen konnte, wie seine Geburt das Ende ihrer Träume besiegelt und sie in die Resignation gestürzt hatte. Durch die Geburt von Nicolas war nichts so Gravierendes passiert, deshalb konnte Mama viel netter zu ihm sein.

Wenn Diane sah, wie die Göttin ihren Sohn herzte, nie aber ihre Tochter, überwand sie ihren Schmerz dank der Vorstellung, dass sie selbst eines Tages Königin werden würde, nicht aus persönlichem Ehrgeiz, sondern um ihrer Mutter die Krone zu überreichen als Trost für ein Leben, das ihr so klein und eng vorkam.

Jede Nacht rief sich Diane die überwältigende Umarmung durch ihre Mutter während deren Schwangerschaft mit Nicolas ins Gedächtnis. Wie sie sie an sich gedrückt und ihr mit zärtlicher Stimme liebevolle Worte zugeflüstert hatte. Diese Erinnerungen überschwemmten sie mit Glück. Sosehr sie auch darunter litt, so einen Moment mit ihrer Mutter nie wieder erlebt zu haben, schien ihr der Mythos, den sie um dieses Ereignis errichtet hatte, doch tragfähig genug, um daraus die Leidenschaft und Energie zu schöpfen, die sie für den Aufstieg zum Thron brauchen würde.

Nicolas ging nun auch in den Kindergarten, und die Erzieherin freute sich offensichtlich darüber, in ihm so viel von seiner Schwester wiederzufinden. Diane gefiel dieses dynastische Phänomen, von dem sie zu Recht annahm, dass es eine Weile andauern würde.

Marie war wieder schwanger.

Nicolas behauptete, sie hätte eine Melone im Bauch. Diane erklärte ihm, was los war.

»Woher weißt du das?«

»Weil ich mich dran erinnern kann, wie du da drin warst.«

Diane betete heimlich dafür, dass auch das nächste Kind ein Junge würde. Das wäre besser für alle, bei ihm selbst angefangen. Auch Mama würde das glücklicher machen: Als Nicolas zur Welt gekommen war, hatte sie richtig gestrahlt.

Da aber nicht auszuschließen war, dass es doch ein Mädchen würde, entwickelte Diane Strategien für den Fall: Sie würde die arme Kleine mit Zuneigung überschütten, um sie über die Kälte der Mutter hinwegzutrösten. Denn man durfte nicht darauf hoffen, dass die Unglückliche von Anfang an die seelische Stärke ihrer großen Schwester zeigen würde. Außerdem müsste sie die demonstrative Bevorzugung ihres großen Bruders durch Mama ertragen – wie sollte sie eine solche Ungerechtigkeit aushalten?

Alle Kinder beten, ohne dass sie unbedingt wissen, an wen sie sich wenden sollen. Sie haben einen vagen Instinkt, wenn nicht für das Heilige, so doch zumindest für die Transzendenz. Die Eltern und Großeltern Dianes glaubten nicht an Gott. Sie gingen zur Messe, um die soziale Ordnung nicht zu stören. Diane bat ihre Großmutter, sie einmal in die Kirche begleiten zu dürfen. Diese fand das normal und stellte keine Fragen.

Diane versuchte, dem Priester zu folgen, verstand aber nicht, was er sagte. Davon unbeeindruckt faltete sie ihre Hände und flehte Gott an, dass Mamas drittes Kind ein Junge sein möge.

»Eure Tochter hat mit einer Inbrunst gebetet, die ich noch nie gesehen habe«, berichtete die Großmutter abends dem Vater.

Der begann zu lachen. Diane schämte sich.

Zum Abendessen kochte Olivier für Marie Eier weich. Sie verzog das Gesicht.

»Als du mit Diane schwanger warst, wolltest du ständig welche«, protestierte er.

»Ja, aber jetzt wird mir schon schlecht, wenn ich sie nur sehe.«

Diane freute sich: War das nicht der Beweis dafür, dass das Baby kein Mädchen war?

»Na gut. Will jemand weiche Eier?«, fragte der Vater.

»Ich!«, rief Diane.

Das Erlebnis faszinierte sie: dass man erst glaubt, ein hartes Ei vor sich zu haben, dann aber plötzlich der Dotter zu fließen beginnt, heiß und von einer unendlich viel schöneren Farbe. ›Als ich in Mamas Bauch war, hat sie ständig weiche Eier gegessen‹, dachte Diane überwältigt. Ob diese Speise deshalb so eine starke Wirkung auf sie hatte? Der Gedanke ließ sie vor Lust und Rührung erbeben.

»Das ist mein Lieblingsessen«, verkündete sie.

In ihrer Vorstellung verschmolzen die beiden Neuheiten ihres Lebens miteinander. Als sie das nächste Mal mit ihrer Großmutter zur Messe ging, erschien ihr die Kirche wie ein riesiges weiches Ei, dessen Mitte, Gott, in sie hineinfließen würde, wenn sie ihn ganz stark darum bäte; sie spürte, wie diese magische Farbe sie erfüllte. Und wenn sie die weichen Eier aß, die ihr Vater ihr nun immer machte, verzehrte sie zuerst das Weiße und hob sich das zarte Gelbe auf, um es voller Bewunderung auf ihrem Teller zu betrachten. Es war Gott, denn es zerfloss nicht. Um das Wunder nicht zu zerstören, bat sie um einen Löffel und schob es sich als Ganzes in den Mund.

Im Juni sagte die Erzieherin zu Dianes Großmutter, das Mädchen sei schulreif. »Sie wird nicht die

Einzige sein, die mit fünfeinhalb Jahren in der Grundschule anfängt. Sie ist sehr intelligent und sehr brav.«

Der Großvater kam dazu und verkündete sehr bewegt, das Baby sei gerade gekommen, sie müssten schnell ins Krankenhaus.

»Junge oder Mädchen?«, fragte Nicolas.

»Ein Mädchen.«

Der Wagen startete, und Diane spürte, wie ihr Herz aussetzte vor Schreck. Sie betete für die unglückliche kleine Schwester, war sich jedoch bewusst, dass ihre Gebete nichts halfen, schließlich hatten sie Gott nicht daran gehindert, dem dritten Kind das falsche Geschlecht zu verleihen.

Doch nichts kam wie erwartet. Mama war nicht nur rosig vor Glück, sondern geradezu verzückt; wie die Jungfrau Maria einst Jesus hochhielt, präsentierte sie ihnen ein rundliches Baby mit den Worten: »Das ist Célia.«

Anders als die beiden Älteren, die zart und federleicht gewesen waren, war Célia pausbäckig wie die Babys in der Werbung.

»Ein echter Wonneproppen«, freute sich die Großmutter.

»Nicht wahr?«, bekräftigte Marie und drückte das Neugeborene an ihre Brust.

Diane sah, dass etwas nicht stimmte. Nach der Geburt von Nicolas war Mama glücklich gewesen und verliebt in ihr Kind; diesmal war sie in einer Art Delirium, einem Liebesrausch. Sie küsste Célia, als ob sie sie fressen wollte. Wie besessen sagte sie immer wieder: »Ich liebe, liebe, liebe dich, mein allerliebstes, liebstes Baby!«

Das war obszön.

Nicolas lief zu ihr hin und fragte, ob er seine kleine Schwester küssen dürfe.

»Ja, Schätzchen, aber pass auf, tu ihr nicht weh, sie ist so zerbrechlich!«

Der Vater und die Großeltern beobachteten die Szene voller Rührung. Keiner merkte, dass Diane abseits stand, erstarrt und unfähig, sich zu rühren. Gebannt von dem Anblick, formulierte sie im Stillen eine Rede an die Frau, für die sie alles gegeben hätte: ›So viel habe ich ausgehalten, Mama, immer war ich an deiner Seite, ich habe dir sogar dann recht gegeben, wenn du offensichtlich unrecht hattest, ich habe deine Eifersucht ertragen, weil ich verstanden habe, dass du von deinem Leben mehr erwartet hast, ich habe es hingenommen, dass du mich um die Komplimente anderer beneidet hast und ich dafür bezahlen musste, ich habe mitangesehen, wie du meinem Bruder die Zärtlichkeit schenktest, die du mir immer vorenthalten hast, aber das, was du jetzt hier aufführst, ist schlecht. Du hast mich nur ein einziges Mal geliebt, da wurde mir klar, dass es auf dieser Welt nichts Schöneres gibt. Ich dachte, du könntest mir deine Liebe nur deshalb nicht zeigen, weil ich ein Mädchen bin. Und dann überschüttest du vor meinen Augen ausgerechnet ein Mädchen mit der innigsten Liebe, zu der du fähig bist. Und meine Erklärung der Welt bricht in sich zusammen. Jetzt begreife ich, dass du mich einfach nicht liebst, dass du mich so wenig magst, dass du nicht einmal auf die Idee kommst, deine leidenschaftliche Besessenheit vor mir zu verbergen. Wenn es etwas gibt, was dir wirklich fehlt, Mama, dann ist das Taktgefühl.‹

In diesem Moment hörte Diane auf, ein Kind zu sein. Sie war deshalb noch lange nicht erwachsen oder auch nur halbwüchsig – sie war ja erst fünf –, sondern nur desillusioniert und panisch darum bemüht, nicht von dem Abgrund, der sich in ihr aufgetan hatte, verschlungen zu werden.

›Ich habe versucht, deine Eifersucht zu verstehen, Mama, aber statt mir dafür zu danken, reißt du vor mir den Abgrund auf, in den du selbst gefallen bist, man könnte meinen, du möchtest mich da hinunterstürzen, aber das wird dir nicht gelingen, Mama, ich weigere mich, so zu werden wie du, und ich kann dir sagen, schon das Wissen um diesen

Abgrund tut so weh, dass ich schreien könnte, da muss ich nicht erst hineingefallen sein, es ist wie der Ruf des Nichts, ich verstehe deinen Schmerz, Mama, aber was ich überhaupt nicht verstehe, ist deine Rücksichtslosigkeit, in Wahrheit willst du nämlich nicht dein Leid mit mir teilen, sondern es ist dir einfach egal, dass du mir weh tust, du siehst es nicht einmal, es kümmert dich nicht im geringsten, und das ist das Schlimmste.‹

Um die anderen zu täuschen, herzte Diane Célia, so gut sie konnte, und niemand merkte, dass gerade ihre Kindheit gestorben war.

Der Sommer war die Hölle. Die Zerstreuung durch den Kindergarten fiel aus. Tagtäglich war Diane der Zumutung ausgesetzt, dass Mama mit Célia, die sie pausenlos mit sich herumtrug, plappernd zum Frühstück kam, ständig musste sie gegen den Ruf des Abgrunds kämpfen, sie durfte das Baby nicht hassen, das ja nichts für diese Affenliebe konnte, auch wenn es natürlich Gefallen daran fand – wie es ihr an seiner Stelle wohl auch ergangen wäre –, sie durfte Mama nicht hassen, die sich diesem Gefühlsüberschwang ohne einen Anflug von Scham hingab, grausam und taktlos.

Diane hatte bewiesen, dass sie viel Unmenschliches verstehen konnte. Dass Mama ihr Papa vorzog, hatte sie mit bewundernswerter Seelengröße akzeptiert. Normalerweise finden sich Kinder nicht damit ab, im Herzen der Mutter nicht an erster Stelle zu stehen, schon gar nicht als Erstgeborene. Marie aber hatte Dianes Großmut derart überstrapaziert und mit Füßen getreten, dass die Kleine ihr das nicht mehr verzeihen konnte.

Mitte August hielt Diane es nicht länger aus und bat ihre Großmutter, sie zu sich zu nehmen.

»Was ist denn los, Schätzchen?«

Das Mädchen konnte ihr keine Antwort geben. Aber die Großmutter schaute ihrer Enkelin in die Augen und sah, dass es nicht mehr ging. Und da sie sie liebte, verlangte sie auch keine Erklärung. Aber sie konnte sich einen Reim darauf machen, als Marie ihr die Tochter umstandslos überließ.

Nicolas merkte auch bald, dass etwas nicht stimmte. Seine Mutter liebte ihn, das schon, aber mit ihrer Affenliebe für Célia war das überhaupt nicht zu vergleichen. Als seine große Schwester bei Oma um Asyl ansuchte, erklärte er ihr, er würde bleiben, »um Mama daran zu hindern, Célia aufzufressen wie einen Kokoskuchen«.

Das war nicht als Metapher zu verstehen. Maries Gefühlsüberschwang erinnerte an die Verzückung mancher Heiliger des 13. Jahrhunderts beim Schlucken der Hostie – eine Art spirituelle Völlerei.

Dem Vater gab der Wunsch seiner Ältesten, bei den Großeltern zu leben, nicht zu denken. Er wusste ja, wie gern sie bei ihnen war, außerdem würde sie am Wochenende nach Hause kommen. Olivier teilte Maries überschwengliche Liebe für Célia. Und auch wenn er sie nicht so symbiotisch auslebte, fand er das Nesthäkchen doch absolut hinreißend. Wenn seine Frau die Kleine an sich drückte, umarmte er diese Zweieinigkeit und schmolz dahin.

Er war ein guter Vater, weil er seine drei Kinder von Herzen liebte und ihnen das auch zeigte. Aber die Liebe zu seiner Frau machte ihn blind für deren Fehler und den Schmerz, den sie ihrer Ältesten zufügte. Ihm fiel immer etwas ein, um die häuslichen Abstrusitäten auf vernünftige und annehmbare Weise zu erklären.

Als seine Mutter wissen wollte, warum Diane die Woche bei seinen Schwiegereltern verbringe, antwortete er, dass sie seit je eine besondere Beziehung zu den Eltern seiner Frau gehabt habe und dass Marie, die mit dem Baby genug um die Ohren habe, dadurch entlastet würde. Außerdem sei Diane ja auch schon ein großes Mädchen und habe ein gewisses Bedürfnis nach Selbständigkeit.

Oliviers Vater hingegen wunderte sich darüber, dass Marie, die sich nach Nicolas' Geburt ja kaum eine Auszeit gegönnt hatte, gar nicht wieder in die Apotheke kam.

»Sie will nicht noch ein Kind«, erläuterte Olivier. »Und da ihr bewusst ist, dass sie jetzt zum letzten Mal ein Baby verhätscheln kann, will sie sich ganz der Kleinen widmen.«

Verhätscheln – das läppische Wort war ein sehr schwacher Begriff für das Verhalten seiner Frau.

Am liebsten hätte sie sich auch nachts nicht von ihrer Célia getrennt, aber aus Angst vor dem, was die Leute sagen könnten, überwand sie sich schließlich doch, sie zum Schlafen in die Wiege zu legen. Schon morgens beim Aufwachen dachte sie an nichts anderes als an ihren Sprössling. Sie stürzte zum Bettchen hin, nahm die Kleine heraus, seufzend vor Zärtlichkeit – »O du mein Schokocroissant, mein flauschiges Brioche!« –, und überschüttete sie mit Küssen. Ihrer Gefräßigkeit gebot sie keinen Einhalt. Wie andere zwischen zwei Schluck Kaffee an ihrer Zigarette ziehen, knabberte sie an der Wange ihrer Tochter. Tagsüber hatte sie Célia stets bei sich, egal was sie machte, meist in der Babytrage, die sie zu Dianes Geburt geschenkt bekommen, aber erst jetzt eingeweiht hatte. Sie war ganz begeistert von diesem Geschirr, das es ihr ermöglichte, die Liebe ihres Lebens ständig an ihrem Bauch zu spüren.

Seltsamerweise gab sie ihr aber nicht die Brust. Diane oder Nicolas zu stillen wäre ihr nie in den Sinn gekommen. Bei Célia hatte sie es immerhin erwogen. Aber man schrieb das Jahr 1977, und sie machte sich Sorgen, dass diese prähistorische Ernährungsweise womöglich ihr Image als moderne Mutter ankratzen und sogar ihr Baby beschämen würde.

Die Babytrage war eine grandiose Erfindung. Hätte Marie nicht befürchtet, als überforderte Mutter mit Doppelbelastung angesehen zu werden, wäre sie mit ihrem Baby am Bauch gern wieder arbeiten gegangen. So wichtig war es ihr, zu zeigen, dass sie alles schaffte und eine glückliche Frau war.

Célia war für sie jedenfalls eine Art Erlösung. Wenn sie ihr Kind in den Armen hielt, konnte sie endlich aufhören, sich durch die Augen der anderen wahrzunehmen. So krankhaft ihre Liebe auch war, hinderte sie sie doch zumindest daran, alles nur daran zu messen, wie viel Neid sie damit auslöste.

Die Arbeit in der Apotheke nahm Marie erst zweieinhalb Jahre später wieder auf, als Célia in den Kindergarten kam. Im Gegensatz zu den beiden Älteren, die immer brav und ernsthaft waren, erwies sich die Kleinste, die es nicht gewohnt war, sich irgendeinem Zwang zu unterwerfen, als unausstehlich. Wenn die Erzieherin ihre Mutter darauf ansprach, zuckte die mit den Achseln.

Als Célia sich wieder einmal schreiend auf dem Boden wälzte, hatte die Erzieherin die Eingebung, die große Schwester aus dem Unterricht zu holen. Diane verstand das Problem sofort und kam bereitwillig mit. Entschlossen ging sie auf ihre kleine

Schwester zu, die tobte wie ein wildes Tier, und sagte: »Schluss jetzt, Célia, du bist kein Baby mehr. Im Kindergarten benimmt man sich nicht so.«

Célia gehorchte sofort. Von da an wurde immer Diane zu Hilfe gerufen, wenn sie einen ihrer Anfälle bekam.

Célia verehrte ihre um fünf Jahre ältere Schwester, die so schön und ernst war. Diane hatte dem verwöhnten Gör gegenüber eine leicht gereizte Zuneigung, die sie hinter der wohlwollenden Autorität der klugen Älteren verbarg.

Oft sprach sie mit Nicolas darüber: »Du bist unter der Woche mit ihr zusammen und kannst doch auch mal die Rolle des großen Bruders übernehmen. Es ist nicht Célias Schuld, dass Mama so besessen von ihr ist.«

»Na ja, vielleicht doch.«

»Sie kennt ja nichts anderes.«

Doch auch Diane hatte Mühe, sich zu beherrschen, wenn sie am Wochenende zu Hause war. Die überwältigende Liebe ihrer Mutter für Célia, die sie mit ihren Liebkosungen fast erdrückte, rief Diane die einzige Umarmung ihrer einstigen Göttin wieder ins Gedächtnis, und dabei fühlte sie wieder, wie sich in ihr der Abgrund der Verzweiflung auftat.

Ungeduldig erwartete Diane sonntagmittags ihre Tante, deren Besuch eine wohltuende Abwechslung verhieß. Und wenn sie abends wieder zu ihren Großeltern durfte, atmete sie auf: Die Prüfung war überstanden, sie kehrte in ihr normales, geschütztes Leben zurück.

Als hervorragende Schülerin und gute Kameradin war Diane bei Lehrern und Mitschülern gleichermaßen beliebt, Feindschaften oder dramatische Freundschaften waren nicht bekannt. Sie war ausgeglichen und verbarg ihre Verletzung gut.

Eine beste Freundin hatte sie nicht, doch es war ihr ganz recht so. Sie hatte dieses Getue beobachtet: Man vertraute einander Geheimnisse an, übernachtete gemeinsam und weinte sogar in den Armen der Auserwählten. Das Ganze war ihr umso mehr zuwider, als sie es sich nicht erlauben konnte. Wem sollte sie denn ihr Geheimnis gestehen?

Ihr Großvater versuchte das Thema manchmal anzusprechen: »Deine Mutter, musst du wissen, war als Kind ziemlich launisch. Sie bekam schlechte Noten in der Schule und immer wieder Klassenbucheintragungen wegen Unaufmerksamkeit. Zu

Hause konnte sie stundenlang schmollen, ohne dass wir verstanden, warum. Wie soll sie sich denn in dir, der Klassenbesten, die immer lächelt und von allen gemocht wird, wiedererkennen?«

Diane antwortete nicht. Gab es eine Erklärung für ihr Leiden? Mama war sich ihrer Grausamkeit nicht bewusst. Anscheinend war sie überzeugt davon, eine großartige Mutter zu sein. Sie hatte diese Neigung einfacher Leute, hochtrabenden Unsinn zu verkünden wie: »Ihr kennt mich ja, mir geht es immer nur um Gerechtigkeit«, oder: »Die Liebe zu meinen Kindern kommt bei mir immer zuerst.« Diane beobachtete sie, wenn sie sich zu solchen Aussagen verstieg, und kam zu dem Schluss, dass sie wirklich glaubte, was sie von sich gab.

In ihrem tiefsten Inneren war Diane davon überzeugt, dass die Menschen verrückt waren. Nur ihre Großeltern waren der allgemeinen Verblödung aus unerfindlichen Gründen entgangen, ganz im Gegensatz zu ihrem Vater und ihrem Bruder. Olivier sah zum Beispiel nichts Pathologisches an Maries Verhalten, und ihr Bruder hatte sich daran gewöhnt. Klar, sonst ging das niemanden etwas an, aber wieso wunderte sich keiner darüber, dass man diese Frau außerhalb der Kindergartenzeit nie ohne Célia sah? Papa war schon zufrieden, dass er sie mit der Warnung »Das ist schlecht für deinen Rücken, Schatz!« davon abgebracht hatte, die Vierjährige ununterbrochen auf dem Arm zu tragen.

Im Grunde bedauerte Diane, dass ihre Mutter sich das zu Herzen genommen hatte. Wenn sie Célia, die schon viel zu alt dafür war, weiter in der Öffentlichkeit mit sich herumgetragen hätte, wäre das Krankhafte ihres Verhaltens vielleicht jemandem aufgefallen.

Als hätte Oma Gedanken lesen können, sagte sie: »Da kann man nichts machen. Deine Mutter ist nicht so gestört, dass man eingreifen müsste. Sie ist weder dir noch Célia eine gute Mutter. Aber dagegen gibt es kein Gesetz.«

Außerdem konnte Nicolas als eine Art Gesundheitsnachweis gelten: Ihm gegenüber verhielt sich Marie wie eine normale Mutter, zärtlich und gemäßigt. Und wer würde ein familiäres Milieu als toxisch einschätzen, das einen derart ausgeglichenen Jungen hervorgebracht hatte?

Wenn Diane freitagabends nach Hause kam, schloss ihr Vater sie in die Arme und nannte sie »meine Prinzessin«. Ihr Bruder küsste sie und zeigte ihr seine neuesten Schätze: Turnschuhe, Comics, Lego. Die Mutter murmelte nur: »Da bist du ja wieder«, und ließ sich nicht weiter stören, stets umkreist von ihrem Satelliten Célia. Diese verehrte ihre große

Schwester, traute sich aber nicht, es zu zeigen, solange Mama dabei war.

Wenn Diane Nicolas fragte, wie die Woche gewesen war, zuckte er nur mit den Achseln: »Mama ist von Célia besessen, das ist alles. Ansonsten geht's so.«

»Und was sagt sie über mich, wenn ich weg bin?«

»Sie spricht nie von dir.«

Als Célia sechs wurde, verfügte Olivier, dass sie nun nicht mehr bei ihren Eltern schlafen könne. Also wurde sie ins Zimmer ihrer Schwester umquartiert, in dem ab da zwei Betten standen.

Vor die vollendete Tatsache gestellt, zog Diane ein Gesicht. Die erste Nacht mit Célia war eine Qual. Zunächst musste sie die endlosen Abschiedszeremonien zwischen Mama und ihrem Schätzchen ertragen: »Nein, mein Liebling, ich verlasse dich nicht. Es ist nur für diese Nacht, das dauert gar nicht so lange. Du bist ja jetzt schon groß, du kannst nicht länger bei Papa und Mama schlafen. Deine große Schwester passt auf dich auf.« Und das Ganze ungefähr zehnmal in verschiedenen Variationen mit vielen von Tochter und Mutter vergossenen Tränen.

Am Ende holte Olivier seine Frau aus dem Zimmer: Sie müsse die Mädchen jetzt schlafen lassen.

Und natürlich wünschte sie Diane nicht einmal eine gute Nacht.

Kaum waren sie allein, kroch Célia ins Bett ihrer Schwester.

»Mama hat gesagt, du passt auf mich auf.«

»Lass mich in Ruhe, ich schlafe.«

»Ich schrei gleich, dann kommt Mama und schimpft mit dir.«

»Na los, mach schon!«

Beeindruckt von dieser Bestimmtheit, die ihr fremd war, umarmte die kleine Schwester die große.

»Ich hab dich so lieb, Diane.«

»Was ist los mit dir?«

»Warum bist du unter der Woche nicht da? Ich hab dich doch so lieb. Es geht mir viel besser, wenn du da bist.«

»Blödsinn!«

»Doch, das stimmt. Mama hat mich zu lieb, sie lässt mich nie in Ruhe.«

»Du findest das doch toll und kannst gar nicht genug davon kriegen.«

»Ich weiß nicht, was ich machen soll.«

Diane fühlte, dass Célia die Wahrheit sagte, und drehte sich zu ihr um.

»Dann musst du ihr sagen, dass das nicht geht.«

»Aber ich habe Mama doch lieb.«

»Klar. Und gerade weil du sie liebhast, musst du

es ihr sagen. Sag ihr, dass sie dich in Ruhe lassen soll, dass sie dich krank macht mit ihrem ständigen Geknutsche und dass sie dich daran hindert, groß zu werden.«

»Sag du es ihr!«

»Wenn ich es ihr sage, wird sie es nicht verstehen. Das muss schon von dir kommen.«

»Und wann soll ich es ihr sagen?«

»Wenn du mit ihr allein bist. Und jetzt geh wieder in dein Bett.«

»Bitte, bitte, lass mich bei dir schlafen!«

»Na gut, aber nur diese Nacht.«

Die Kleine kuschelte sich an die Große.

Diane konnte sich eines zärtlichen Gefühls nicht erwehren. Célia war wirklich süß. Sie legte die Arme um sie und schlief ein.

Am nächsten Tag, als Mama Célia ins Bad rief, ahnte Diane, dass ihre Schwester die Gelegenheit nutzen würde, um mit ihr zu sprechen, und versteckte sich hinter der Tür.

»Mama, du sollst mich in Ruhe lassen«, begann Célia.

»Was sagst du da, mein Liebling?«

»Du sollst mich in Ruhe lassen. Du machst mich krank mit deinen Küsschen.«

»Du magst meine Küsschen nicht?«

»Doch, aber es sind zu viele.«

»Entschuldige, mein Liebling«, erwiderte die Mutter mit tränenerstickter Stimme.

Diane hielt den Atem an. Es funktionierte!

»Diane hat gesagt, ich soll es dir sagen«, hörte sie gleich darauf.

»Aha, jetzt verstehe ich! Deine Schwester ist eifersüchtig.«

»Warum?«

»Weil ich ihr nicht so viele Küsschen gebe wie dir, mein Liebling.«

»Und warum gibst du ihr nicht so viele Küsschen wie mir?«

»Weil sie kalt ist. Das war sie schon immer. Stören dich meine Küsschen denn wirklich?«

»Nein, Mama, ich finde sie toll.«

Diane hatte genug gehört. Völlig aufgelöst ging sie in ihr Zimmer, setzte sich aufs Bett und dachte: ›Eifersüchtig, ich? Verkehrte Welt! Ich bin nur so kalt, Mama, weil du mich dazu gezwungen hast, es zu werden!‹

Für die elfjährige Diane brach eine Welt zusammen. Bis dahin hatte sie ausgehalten in dem Glauben, dass ihrer Mutter nicht klar war, wie sehr sie die fehlende Zärtlichkeit verletzte. Nun musste sie hören, dass sie selbst daran schuld sei. Und der Vorwurf der Eifersucht aus Maries Mund war zum

Lachen. Doch wie sollte Diane jetzt, da sie fast erstickte an diesem Gefühl rasender Ungerechtigkeit, noch weiterleben?

Den Rest des Samstags funktionierte sie nur noch wie ein Roboter. Nachts kam Célia wieder zu ihr ins Bett. Diane rührte sich nicht.

»Ich habe mit Mama geredet.«

»Ich weiß, ich habe es gehört.«

»An Türen horchen ist gemein.«

»Hast recht, verpetz mich doch!«

»Sie hat gesagt …«

»Ich weiß. Du bist so blöd, Célia! Warum hast du gesagt, dass es von mir kommt? Und gelogen war es auch. Du hast dich doch bei mir beklagt. Jetzt kann ich dir nie mehr vertrauen.«

»Was heißt vertrauen?«

»Das, was ich nicht mehr kann. Ab in dein Bett!«

Célia gehorchte schluchzend. Diane war durchaus bewusst, wie hart das von ihr war. Wie viel konnte eine Sechsjährige schon verstehen? Aber sie litt so sehr, dass das Schicksal der kleinen Schwester ihr egal war.

Ein paar Tage später musste Diane auf dem Heimweg von der Schule einer Baustelle ausweichen und trat auf die Straße. Ein Lastwagen kam ihr entgegen, doch sie war wie hypnotisiert und ging nicht zur Seite. Der Fahrer bremste zu spät und fuhr sie um. Entsetzt rief er die Rettung. Den Notärzten schilderte er das merkwürdige Verhalten des Mädchens, dem glücklicherweise nicht viel passiert war.

Olivier erhielt einen Anruf des Krankenhauses, raste hin und schloss seine Tochter in die Arme.

»Was ist passiert, Liebling?«

Sie sei erschrocken, erklärte Diane, habe es aber nicht rechtzeitig zurück auf den Bürgersteig geschafft.

»Versprich mir, dass du in Zukunft aufpasst!«

Ein Arzt war dabei. Als Olivier ihn fragte, ob er seine Tochter mit nach Hause nehmen dürfe, antwortete dieser, er würde sie lieber noch einen Tag lang zur Beobachtung dabehalten. Nachdem der Vater gegangen war, widmete der Arzt sich seiner jungen Patientin. Sie schien ihm intelligent genug zu sein für ein offenes Gespräch.

»Willst du leben oder sterben?«, fragte er ernst und ohne Umschweife.

Diane machte große Augen vor Verblüffung. Sie spürte, dass diese Frage nach einer wahrhaftigen Antwort verlangte, und überlegte. Nach einer Minute sagte sie: »Ich will leben.«

Der Arzt dachte darüber nach und sagte schließlich: »Ich glaube dir. Morgen kannst du wieder nach Hause.«

Die folgende Nacht im Krankenhaus verbrachte Diane damit, über dieses Gespräch nachzugrübeln. Der Arzt hatte ihr nur eine einzige Frage gestellt. Eine, vor der sie selbst zurückgeschreckt war. Obwohl er nur ihr kurzes Gespräch mit dem Vater mitangehört und sie ein wenig beobachtet hatte, hatte er alles begriffen. Und damit ihrem Schicksal eine neue Wendung gegeben. Nicht nur, weil sie sich fürs Weiterleben entschieden hatte, sondern auch, weil sie nun endlich ein Ziel hatte: den Beruf dieses Mannes auszuüben.

Ja, sie wollte Ärztin werden. Durch aufmerksames Beobachten und Zuhören würde sie Körper und Seele der Menschen erkunden. Ohne mehr zu quasseln als der Arzt am Vortag, würde sie den Finger in die Wunde legen. Und mit ihren brillanten Diagnosen schließlich alle überraschen.

Wenn man mit elf sein Lebensziel entdeckt, ändert das alles. Was kümmerte sie jetzt noch ihre verkorkste Kindheit? Sie wollte nur noch erwachsen werden, um Zugang zu diesem großartigen Beruf zu erhalten. Das Leben hatte noch Wichtiges mit ihr vor, es ging nicht mehr darum, absurde Schmerzen auszuhalten, wenn das eigene Leiden dazu dienen konnte, das Leiden der Kranken zu erforschen. Jetzt musste sie einfach möglichst schnell groß werden …

Im Collège beobachtete Diane die ersten Liebeleien ihrer Schulkameradinnen. Jungen und Mädchen, die jahrelang miteinander Ball gespielt hatten, sahen einander plötzlich mit anderen Augen an. Anfangs waren die Verbindungen von evangelischer Schlichtheit. Dann begannen die Trennungen und damit die Ära der Komplikationen. Herzen brachen und wurden gebrochen, aber meist weniger durch das Ende der Beziehung als vielmehr durch die Geschwindigkeit, mit der der oder die Ex sich in jemand anderes verliebte. Manche verbargen ihr Spiel aus purer Diplomatie. Nun wurde es florentinisch. Niemand kannte sich mehr aus.

Damit begann der Tratsch. Wer war denn nun mit wem zusammen? Gestern wurden X und Y doch noch beim Knutschen gesehen. Ja, aber das sei vorbei. Inzwischen sei eine Menge Wasser den Bach hinuntergeflossen.

Diane fragte sich, ob ihre Mutter nicht doch recht gehabt hatte, sie »kalt« zu nennen. Sie beobachtete diese Händel von oben herab. Wenn Freundinnen sie ins Vertrauen zogen, sagte sie: »Das ist doch alles nur Theater!« Sie antworteten: »Du wirst schon sehen, wenn du selber dran bist!«

Da sie das hübscheste Mädchen der Klasse war, hatte sie viele Verehrer. Sie ließ sie alle abblitzen. Die meiste Zeit lernte sie. Oft saß sie in der Bibliothek und blätterte in Biologiebüchern von erschreckendem Umfang.

Die Großeltern machten sich allmählich Sorgen: »Du bist so ernsthaft. Geh doch mal mit deinen Freundinnen aus.«

»Ich geh nicht gern aus. Das finde ich langweilig.«

»Du wirst noch vertrocknen vor lauter Büchern.«

»Das Gefühl habe ich nicht.«

Tatsächlich wurde die Schönheit der Vierzehnjährigen mit jedem Morgen verblüffender. Sie blieb von Pickeln und Fettpolstern verschont und wuchs schlank und klug heran. Wer sie nicht kannte, nahm an, dass sie Ballett tanzte, weil ihre einfachsten Bewegungen wie choreographiert aussahen. Sie war immer sehr gepflegt und hatte das schwarze Haar zum Knoten geschlungen. In einem Alter, in dem Mädchen es megacool finden, mit löchrigen Jeans und Holzfällerhemd zum Unterricht zu erscheinen, trug sie die strenge Kleidung klassischer Tänzerinnen.

»Du kannst einem ganz schön auf die Nerven gehen«, sagte Karine, die sich für ihre vernünftigste Freundin hielt.

»Warum schön?«, war Dianes erhellende Antwort.

Sie verunsicherte die anderen, die sie respektierten, aber immer seltener das Wort an sie richteten. Allerdings hätte nie jemand gewagt, sich über sie lustig zu machen, nicht einmal heimlich – etwas an ihr war furchteinflößend und entwaffnete die Niedertracht.

Die einzige Person, die sie nicht für sich einnehmen konnte, blieb ihre Mutter. Aber immerhin gab es einen Fortschritt: Diane versuchte gar nicht mehr, ihr zu gefallen. Wenn sie einander am Wochenende sahen, begrüßten sie sich höflich. Zwar hatte Diane noch längst nicht die Gleichgültigkeit erreicht, von der sie träumte und die ihr den Schmerz erspart hätte, noch hatte Marie aufgehört, mit Eifersucht auf jede schmeichelhafte Bemerkung ihrer Tochter gegenüber zu reagieren. Vielmehr beobachteten sie sich gegenseitig, ohne viel miteinander zu reden.

Ihre Großeltern dagegen liebte Diane immer mehr, besonders weil deren Leben sich dem Ende zuneigte. Oma hustete von früh bis spät, Opa hatte einen mehr als besorgniserregenden Cholesterinwert. Sie wäre gern schon Ärztin gewesen, um ihnen zu helfen. Sie hatte Angst, dass sie sterben könnten, bevor sie mit dem Studium fertig war.

Das Lycée veränderte Dianes Leben. Zum ersten Mal sah sie neue Gesichter. Sie entdeckte ein blondes Mädchen mit schönen, vornehmen Zügen. »Siehst du diese Spießerin?«, flüsterte Karine ihr ins Ohr. Die Fremde mit ihrer weißen Bluse und der grauen Flanellhose sah aus, als trüge sie eine Uniform. Als sie sich vorstellen sollte, sagte sie mit einer tiefen Stimme, die Diane irre beeindruckend fand: »Élisabeth Deux.«

Das konnte man auch als Elisabeth II. verstehen, was brüllendes Gelächter unter den Mitschülern hervorrief.

»Ihren echten Namen, bitte, Mademoiselle«, seufzte der Lehrer.

»Das ist mein echter Name. Meine Eltern heißen Madame und Monsieur Deux. Und da sie über Humor verfügen, haben sie mich Élisabeth getauft.«

»Ach, und deshalb hältst du dich für die Königin von England?«, schrie einer.

»Bravo! Du bist erst der Dreihundertfünfundfünfzigste, der mir das sagt«, entgegnete sie lächelnd.

Diane spürte ein ihr unbekanntes Gefühl: Bewunderung und Schwärmerei weiteten ihre Seele. Sie bedauerte ihr jugendliches Alter, das es ihr untersagte, einfach zu Élisabeth hinzugehen und sie zu fragen: »Willst du meine Freundin sein?« Stattdessen musste sie sich auf ein langwieriges Werben und zahllose Zurückweisungen einstellen. Und tatsächlich, jedes Mal, wenn sie Élisabeth etwas fragte, antwortete diese einsilbig.

»Verbeiß dich doch nicht so, wir sind aus verschiedenen Welten. Was findest du überhaupt an dieser Trulla? Bist du etwa verliebt?«

»Ja, genau«, seufzte Diane und verdrehte die Augen zum Himmel.

Élisabeth war auf dem anderen, schickeren Collège der Stadt gewesen, wo ihre Mutter Mathematik unterrichtete. Ihr Vater spielte erste Geige in der Oper. Sie gehörte tatsächlich einer anderen Welt an und versuchte das auch nicht zu verbergen.

»Ist es dir unangenehm, mit Prolls wie uns zu tun zu haben?«, fragte sie ein Klassenkamerad spöttisch.

»Wenn es dich nicht stört, mit einer Hoheit wie mir Umgang zu pflegen«, antwortete sie.

Ihre Schlagfertigkeit verblüffte Diane. Wie konnte sie auf die Freundschaft einer Person von so außergewöhnlichem Witz und solcher Kühnheit hoffen? Die vage Zuneigung, die sie für Karine empfand, war weit entfernt von der Gefühlsgewalt, die sie zu Élisabeth hinzog. Liebe konnte es nicht sein, weil es nicht so weh tat wie bei Mama. Dass Élisabeth sie nicht mochte, forderte sie nur noch mehr heraus, um sie zu kämpfen.

Grün vor Eifersucht, verriet ihr Karine, dass der Platz an Élisabeths Seite schon vergeben war: »Du hast keine Chance. Ihre beste Freundin ist die Tochter des Chefdirigenten der Oper.«

»Und wie heißt die?«

»Véra«, antwortete Karine triumphierend, wie um die erdrückende Überlegenheit der Konkurrentin zu unterstreichen.

Nach der Schule sah Diane, wie Élisabeth sich einer dicken Blondine an den Hals warf und »Véra!« rief. Daraus schloss sie, dass noch nichts verloren war.

Nun begann sie ihre Charmeoffensive. In jeder Pause setzte sie sich zu Élisabeth. Einmal sagte sie mit todernster Miene zu ihr: »Dir ist schon klar, dass die Tschernobyl-Wolke nicht an der Landesgrenze haltgemacht hat.«

»Warum erzählst du mir das?«

»Unsere Lebenserwartung hat sich durch die Strahlung radikal verringert. Lass uns Freundinnen werden.«

»Ich verstehe den Zusammenhang nicht.«

»Du machst immer den Eindruck, als würdest du dich im Lycée langweilen. Und es wäre doch schade, die wenige Zeit, die uns bleibt, zu vergeuden. Mit mir müsstest du dich nie mehr langweilen.«

Damit brachte sie Élisabeth zum Lachen. Die beiden wurden unzertrennlich. Irgendwann wagte es Diane, Élisabeth ihr Geheimnis anzuvertrauen. Diese hörte ihr schweigend zu und seufzte.

»Und deshalb wohnst du bei deinen Großeltern?«, fragte sie schließlich.

»Ja.«

Da nun das Schweigen gebrochen war, nahm Diane Élisabeths Einladung zu ihr nach Hause an. Monsieur und Madame Deux adoptierten die neue beste Freundin ihrer einzigen Tochter: »Jetzt bist du ihre Schwester!« Die Mädchen redeten die ganze Nacht. Und Diane war taktvoll genug, keine Fragen über Véra zu stellen, die nie wieder auftauchte.

Dianes Großmutter freute sich über diese neue Freundschaft: »Endlich benimmst du dich wie ein Mädchen deines Alters! Nun kann ich ruhig sterben.«

»Das ist überhaupt nicht komisch!«, protestierte Diane.

Nein, das war wirklich nicht komisch – es war

prophetisch. Am nächsten Tag stieß das Auto der Großeltern mit einem Lastwagen zusammen, dessen Fahrer am Steuer eingeschlafen war; sie starben noch am Unfallort. Diane war in der Schule, als sie davon erfuhr, und brach ohnmächtig zusammen.

Im Krankenhaus wachte sie wieder auf. Der Arzt, den sie seit ihrem elften Lebensjahr nicht mehr gesehen hatte, saß an ihrem Bett.

»Sie sind seit einer Woche hier. Sie hatten 41 Grad Fieber und Krämpfe. Ich habe noch nie jemanden so heftig auf einen Verlust reagieren sehen.«

»Meine Großeltern waren alles für mich.«

»Die Beerdigung ist schon vorbei, man wusste ja nicht, wann Sie wieder aufwachen würden. Aber es ist wohl auch besser so, Sie wären sonst gleich noch mal zusammengebrochen.«

»Ich konnte mich nicht einmal von ihnen verabschieden!«, schluchzte Diane.

»Sie können ja ihr Grab besuchen. Es gibt jetzt Dringenderes, Mademoiselle. Ich kann mich gut an Sie erinnern. Und ich hatte die Gelegenheit, mit Ihrer besten Freundin und deren Familie über Sie zu sprechen. Sie müssen nicht wieder zu Ihren Eltern ziehen. Das Ehepaar Deux ist bereit, Sie bei sich aufzunehmen.«

»Und wie haben meine Eltern reagiert?«

»Ihr Vater wirkte ein wenig verletzt. Ihre Mutter hat nur gesagt, dass es sie nicht überrascht und es sicher besser ist, wenn Sie auch am Wochenende nicht mehr kommen. Keine Sorge, Ihre Freundin hat mir alles erklärt.«

Diane machte große Augen.

»Glauben Sie, dass meine Mutter mich hasst?«

»Nein. Ihre Mutter war bestimmt eifersüchtig auf die enge Beziehung, die Sie zu ihren geliebten Eltern hatten. Es ist bestimmt besser für Sie beide, wenn Sie sich eine Weile lang nicht sehen.«

»Das heißt, mit dem Verlust meiner Großeltern verliere ich gleichzeitig auch meine Eltern und meine Geschwister.«

»Ihren Bruder sehen Sie ja weiterhin in der Schule. Und mit Ihren Eltern werden Sie bestimmt auch wieder zusammenfinden. Irgendwann wird die Beziehung zu Ihrer Mutter nicht mehr so vergiftet sein. Im Moment wäre es für Sie gefährlich, zu viel mit ihr zu tun zu haben.«

»Und meine Schwester?«

»Ich weiß, wie sehr sie unter der übermäßigen Liebe ihrer Mutter leidet. Es gibt kein Gesetz, das es verbietet, Kinder so sehr zu verzärteln, aber in gewissem Sinne ist sie mehr zu bedauern als Sie.«

Monsieur und Madame Deux nahmen Diane mit der ganzen Zuneigung auf, die sie ihr schon zuvor entgegengebracht hatten – sie war die neue Schwester ihrer Tochter, also auch ihr Kind. Diane hatte ihr eigenes Zimmer neben dem von Élisabeth.

Ein neues Leben begann. An mindestens drei Abenden pro Woche gingen die beiden Mädchen in die Oper.

»Warum bist du vor mir nie dagewesen?«, fragte Diane.

»Früher hatte ich immer das Gefühl, dazu verpflichtet zu sein. Seit es dich gibt, ist es ein Vergnügen.«

An der Schule wurde getratscht. In ihrer Klasse galten sie als Lesben. Aber das kümmerte sie nicht. Dianes Ruf litt ein wenig, Élisabeths gewann.

Monsieur Deux überredete seine neue Tochter, Geige zu lernen. Doch der begnadete Musiker erwies sich als schlechter Lehrer; Diane wiederum zeigte mehr Eifer als Begabung. Wenn es ihr gelang, ihrem Instrument einen ergreifenden Ton zu entlocken, was selten genug war, brach sie in ein krampfhaftes Schluchzen aus. Das Experiment ging nicht lange gut.

Manchmal wurde Diane bewusst, wie schön ihr gegenwärtiges Leben war, welche Harmonie sie bei den Deux erlebte und wie weit die Prüfungen der

Vergangenheit hinter ihr lagen. Umso schmerzhafter war es dann, wenn sie ihren Bruder am Lycée traf oder wenn ihr Vater, der offenbar nichts begriffen hatte, sie vom Unterricht abholte und mit Leidensmiene in die Arme schloss.

Die Jahre vergingen, doch die Trauer um ihre Großeltern ließ Diane nicht los. Als sie einmal deren Grab besuchte, sah sie zu ihrer Verblüffung ihre Mutter, in Tränen aufgelöst. Sie floh, ohne von ihr bemerkt zu werden. Am Schmerz, den dieses Wiedersehen auslöste, konnte sie das Ausmaß des Schadens in ihrer Seele ermessen.

Nur die Arbeit stellte keine Bedrohung für sie dar. Also stürzte sie sich hinein. Sie legte das Abitur mit Auszeichnung ab und schrieb sich zum Medizinstudium an der Universität der Stadt ein, die einen hervorragenden Ruf genoss. Da sie in niemandes Schuld stehen wollte, suchte sie sich für den Sommer einen Job.

Élisabeth fand es schade, dass Diane, anders als in den Sommern davor, nicht mit ihr in den Urlaub fuhr. Sie selbst wollte Jura studieren und Anwältin werden.

Schon im ersten Semester erlegte sich Diane einen übermenschlichen Arbeitsrhythmus auf. Das Medizinstudium ermöglichte ihr Nebenjobs, die besser bezahlt waren, aber enorm viel Energie in Anspruch nahmen.

Élisabeth beklagte sich, dass sie kaum mehr Zeit miteinander verbrächten, und suchte Zuflucht in der einen oder anderen Liebesbeziehung. Manchmal schleppte sie Diane auf Partys mit, wo diese sich furchtbar langweilte.

»Deine Freundin ist sehr hübsch, aber sie zieht ständig so ein Gesicht«, sagten die anderen.

»Damit will sie sich nur interessant machen«, antwortete Élisabeth.

Das gelang ihr. Diane hatte viele Verehrer, die darum wetteiferten, sie als Erster zum Lächeln zu bringen. Doch keiner schaffte es.

Élisabeth hatte eine ernsthaftere Affäre mit einem gewissen Hugues und vernachlässigte Diane, die ihrerseits aus Enttäuschung und Trotz eine Beziehung mit einem gewissen Hubert einging, ohne in ihn verliebt zu sein. Hubert war hingerissen von der schönen, aber distanzierten und rätselhaften jungen Frau. Wenn sie miteinander schliefen, war sie wie abwesend. Das tat ihm weh, stachelte seine Gefühle für sie aber nur noch mehr an.

»Ich liebe dich nicht«, sagte sie eines Morgens, bevor sie zur Uni ging.

»Wird schon noch«, erwiderte er bedrückt.

Es wurde nicht. Nach drei Jahren schaffte sie es, ihn zu verlassen.

»Wieso warst du so lange mit einem Mann zusammen, wenn du ihn gar nicht geliebt hast?«, fragte Élisabeth.

»Ist doch einer wie der andere«, war Dianes Antwort.

»Du bist ja komisch. Und warum hast du dich dann von ihm getrennt?«

»Weil ich trotzdem mehr erwarte.«

Élisabeth war beruhigt, auch wenn sie sich nicht vorstellen konnte, wie Diane mit ihren Zwölfstundentagen ihre große Liebe finden sollte.

Im siebten Jahr ihrer Ausbildung musste sie sich für eine Fachrichtung entscheiden und wählte die Kardiologie. Eine Dozentin beeindruckte sie ganz besonders: Madame Aubusson.

Sie war außerordentlich redegewandt, ein Muster an Disziplin und Intelligenz. Während die anderen Professoren mit ihrem Geschwurbel und Getue Diane oft auf die Nerven gingen, zeichnete sich Madame Aubusson durch eine Genauigkeit und Ernsthaftigkeit aus, die an der Fakultät ihresgleichen suchten.

Bald erkannte Diane, dass es nicht einfach Interesse war, was sie in ihre großartigen Vorlesungen trieb; vielmehr handelte es sich um eine Art Leidenschaft.

Die Dozentin war um die vierzig, klein, rothaarig und mit einem beeindruckend schönen Gesicht. Ihr winziger Körper steckte stets in strengen Hosenanzügen, was ihre Haarpracht noch unterstrich. Wenn sie sprach, belebte sich ihr Blick, und sie wurde zur verführerischsten Person, die man sich vorstellen konnte.

Diane nahm die Gewohnheit an, nach den Vorlesungen auf Madame Aubusson zu warten und ihr zu sagen, wie begeistert sie davon war. Da ihr die Komplimente dieser auffallend hübschen Studentin schmeichelten und sie sie sympathisch fand, schlug sie eines Abends vor, gemeinsam etwas trinken zu gehen.

»Sagen Sie doch Olivia zu mir«, bot die Dozentin nach ein paar Minuten an.

»Ich weiß nicht, ob ich eine Professorin mit ihrem Vornamen ansprechen kann.«

»Vielleicht nicht in der Vorlesung. Aber hier können Sie es ruhig tun. Außerdem bin ich keine Professorin.«

»Wie kommt das?«

»Das ist eine leidige alte Geschichte. Aber eigentlich ist es auch besser so. Michaud, Salmon, Pouchard, das sind alles Professoren. Schauen Sie sich die doch mal an! Glauben Sie wirklich, ich möchte so werden?«

»Lauter Nullen!«

»So weit würde ich nicht gehen«, erwiderte Olivia. »Sagen wir, der Titel ist ihnen zu Kopf gestiegen, und davon sind sie nicht klüger geworden.«

Dann äffte Olivia Yves Pouchard nach, den Professor der Gefäßchirurgie, mit seinen aufgeblasenen, hohltönenden Phrasen, bis Diane Tränen lachte.

»Genau das passiert nämlich, wenn man zu viel Wert auf Titel und Würden legt«, schloss Olivia. »Mir liegt mehr daran, gute Ärzte auszubilden, die gründliche Arbeit leisten. Die Schlampereien, die sich manche in unserem Fachgebiet erlauben, finde ich bestürzend. Würden wir Atomingenieure ausbilden wie Kardiologen, hätten wir jeden Tag ein Tschernobyl. Dabei sollte man doch das Herz mit der gleichen oder mit noch mehr Ernsthaftigkeit behandeln wie die Radioaktivität, finden Sie nicht auch?«

Doch Diane war abgelenkt. An Tschernobyl hatte sie nicht mehr gedacht seit dem Tag, an dem sie Élisabeth imponieren wollte. War es nicht merkwürdig, dass ausgerechnet zu Beginn einer wichtigen neuen Freundschaft diese Katastrophe wieder auftauchte?

»Es interessiert Sie nicht sehr, was ich Ihnen erzähle«, bemerkte Olivia. »Und Sie, warum haben Sie sich für die Kardiologie entschieden?«

»Das geschah in zwei Schritten. Mit elf beschloss ich, Medizin zu studieren, weil ich einen außergewöhnlichen Arzt kennengelernt hatte. Was die Kardiologie betrifft, muss ich Sie warnen: Womöglich finden Sie den Grund für meine Wahl idiotisch.«

»Schießen Sie los!«

»Es war eine Zeile von Alfred de Musset, die mich sehr beeindruckt hat: ›Klopf an dein Herz, denn dort sitzt das Genie.‹«

Olivia schwieg beeindruckt. Diane genierte sich.

»Ich habe Sie gewarnt!«, sagte sie.

»Nein, nein, ich finde das zauberhaft. Eine so erstaunliche Begründung für die Berufswahl ist mir noch nicht untergekommen. Und diesen Satz habe ich noch nie gehört: ›Klopf an dein Herz, denn dort sitzt das Genie.‹ Alfred de Musset, sagten Sie?«

»Ja.«

»Was für ein Dichter! Was für eine Offenbarung! Und wissen Sie was? Er hat recht. Das Herz ist ein Organ, das mit keinem anderen zu vergleichen ist! Ich kann gut verstehen, dass man es früher als Sitz des Denkens, der Seele und all dieser Dinge ansah. Seit über zwanzig Jahren studiere ich nun das Herz, und es wird für mich immer noch mysteriöser und genialer.«

»Und ich hatte Angst, dass Sie mich auslachen.«

»Meinen Sie das im Ernst? Endlich mal eine gebildete Studentin! So gebildet wäre ich auch gern!«

»Ich bin gar nicht so gebildet. Ich habe nur immer schrecklich gern gelesen.«

»Ich kann viel von Ihnen lernen. Es ist sagenhaft: Ich kenne Sie kaum, und schon bereichern Sie mich.«

In diesem Ton ging es den ganzen Abend weiter. Als Diane nach Hause ging, schwebte sie fast. Noch nie hatte jemand sie so bezaubert. Und dass dieses höhere Wesen sich auch noch für sie interessierte und sie sogar eine Bereicherung nannte, entzückte sie vollends. Wie großmütig diese Frau doch war!

Am nächsten Tag sprach die Dozentin sie an.

»Gehen Sie zu Mittag in die Mensa?«

»Wie Sie vermutlich auch.«

»Was halten Sie davon, in der kleinen Brasserie um die Ecke zu essen?«

Diane willigte freudig ein. Olivia nahm einen Salat und pickte ein wenig darin herum. Diane traute sich nicht, mehr zu bestellen, war dann aber froh darüber: Sie war so aufgeregt, dass sie kaum einen Bissen hinunterbrachte.

Madame Aubusson erzählte eine Menge von

sich, zum Beispiel über ihre Probleme als Frau im akademischen Milieu: »Ich weiß gar nicht, welches die schlimmeren Machos sind: die Studenten oder die Kollegen.«

»Hat das vielleicht auch damit zu tun, dass Sie keinen Professorentitel tragen?«

»Bestimmt. Und dann habe ich vor zehn Jahren auch noch ein Kind bekommen. Das haben sie mir nie verziehen. Wäre ich allerdings kinderlos geblieben, hätten sie noch mehr über mich gelästert. Sie sehen, selbst als Universitätsdozentin ist man vor so hinterwäldlerischen Ansichten nicht gefeit.«

»Haben Sie immer schon hier gelebt?«

»Ja. Und ich muss gestehen, dass ich sehr an unserer Stadt hänge. Yves Pouchard träumt davon, nach Paris zu gehen. Können Sie sich diesen Mann, der in seinen Vorlesungen immer so wirkt, als sähe er sein Skript zum ersten Mal, und sogar beim Vorlesen massenhaft Fehler macht, an der Universität von Paris vorstellen? Einmal hat er in einer Vorlesung sogar von einer ›blutigen Probe‹ statt von einer ›Blutprobe‹ geredet.«

»Im Ernst?«

Olivia kannte Tausende solcher Anekdoten. Von nun an aßen sie stets gemeinsam zu Mittag. Wenn sie in die Brasserie kamen, brauchten sie gar nicht mehr zu bestellen, das Mineralwasser und die zwei

Salate wurden automatisch serviert. Für Dianes Geschmack war das zwar ein bisschen wenig, trotzdem hätte sie ihren Platz um keinen Preis der Welt aufgegeben.

Die Freundschaft mit ihrer Dozentin gab Dianes Leben einen Sinn. Sie wollte ihr ähnlich sein und ein Team mit ihr bilden. Endlich fanden ihre Ernsthaftigkeit und ihre Disziplin, die ihre Mutter für Kälte hielt und die ihr seit je angekreidet wurden, Anerkennung. Daher jubilierte sie jedes Mal innerlich, wenn sie diese Tugenden auch an Olivia entdeckte.

Manchmal wurde im Hörsaal geraunt: »Die Aubusson sieht richtig unsympathisch aus«, oder: »Bei der hat man bestimmt nichts zu lachen!« Diane hatte sich Schweigen auferlegt. Sonst hätte sie erwidert: »Olivia Aubusson ist eine großartige Kardiologin. Es ist nicht ihre Aufgabe, sympathisch zu wirken. Wer ein solches Niveau hat, braucht sich bei niemandem lieb Kind zu machen. Und ihr würdet euch ziemlich wundern, wenn ihr wüsstest, wie lustig sie sein kann.«

Die Nähe zwischen Dozentin und Studentin war nicht unbemerkt geblieben und zeitigte die vorhersehbaren Gerüchte.

»Das kommt davon, dass Sie so hübsch sind«, sagte Olivia lachend zu Diane.

»Sie sind aber auch nicht übel!«

»Endlich sagt das mal jemand!«

»Da bin ich bestimmt nicht die Einzige.«

»Wer sollte das sonst tun?«

»Keine Ahnung. Ihr Mann vielleicht?«

»Stanislas ist theoretischer Mathematiker. Das käme ihm nicht über die Lippen.«

Diane wollte unbedingt mehr über das Leben ihrer Dozentin erfahren. Nur die Befürchtung, indiskret zu sein, hinderte sie daran, weiterzufragen. Alles, was mit Olivia zu tun hatte, kam ihr außergewöhnlich vor.

Einmal wurde Diane nach der Vorlesung von einer Frau erwartet, die sie nicht gleich erkannte.

»Diane, bist du's? Du bist ja eine richtige Schönheit geworden!«

Diane erstarrte.

»Mama!«

Seit zehn Jahren hatte Diane ihre Mutter nicht mehr gesehen, weil sie dazu weder Lust noch Zeit gehabt hatte. Manchmal traf sie sich mit ihrem Vater, immer auf seinen Wunsch hin. Dann beklagte er die Distanz zwischen ihnen, ohne das Verhalten seiner Frau in Frage zu stellen. Doch was war mit Marie passiert? Sie sah erloschen aus, zerstört, von unbestimmbarem Alter.

»Kann ich mit dir sprechen?«, fragte sie.

Sie gingen in ein Café.

»Was ist los?«

»Célia ist weg.«

»Wie das?«

Schluchzend nahm Marie einen Brief aus der Tasche.

»Deine Schwester hat ein Kind bekommen. Wusstest du das?«

»Ich glaube, ich habe davon gehört«, erwiderte Diane achselzuckend.

»Das war letztes Jahr. Sie wollte mir nie verraten, wer der Vater ist. Es würde mich auch nicht wundern, wenn sie es selbst nicht wüsste. Mit achtzehn hat sie angefangen, sich rumzutreiben und sich zu betrinken. Angeblich hatte sie viele Affären, mit Männern, die viel älter waren als sie.«

»Erspare mir den Klatsch, ja?«

»Kurz, sie hat eine Tochter, Suzanne. Und vor einer Woche ist sie weg, ohne zu sagen, wohin, und hat die Kleine bei mir gelassen.«

Immer noch weinend, reichte Marie Diane den Brief, den sie in ihren zitternden Händen hielt.

Mama,

ich spüre, dass ich dabei bin, bei Suzanne denselben Fehler zu machen wie du bei mir.

Ich liebe sie zu sehr, ich kann nicht anders, als sie ständig im Arm zu halten und mit Küssen zu überschütten. Meine Tochter soll aber nicht so werden wie ich, ein willenloses Wrack, das jeden über sich drüberlässt. Außerdem bin ich zwanzig und will mein eigenes Leben leben.

Deshalb gehe ich weg, weit weg, und sage dir nicht, wohin. Suzanne lasse ich bei dir. Ich habe gesehen, dass du sie liebst, ohne es so zu übertreiben wie bei mir. Vielleicht kannst du für meine Tochter das sein, was du für deine nie warst: eine gute Mutter.

Célia

Diane stand eine Weile lang sprachlos da, den Kopf über das Schreiben gesenkt, und wusste nicht, was sie sagen sollte.

»Das ist doch großartig, was sie da macht«, brachte sie schließlich hervor.

»Findest du?«, fragte Marie unter Tränen. »Und ich wollte dich bitten, nach ihr zu suchen!«

»Spinnst du? Das würde ich nie tun! Erstens finde ich, dass sie recht hat. Aber auch wenn es nicht so wäre – sie ist eine erwachsene Frau!«

»Wie kannst du ihr recht geben?«

»Sie möchte deine Fehler nicht wiederholen. Das ist ein verdammt guter Grund. Sie will Suzanne nicht unter Millionen Küssen und Streicheleinheiten ersticken, wie du es in ihrer Kindheit und Jugend getan hast.«

»Ich hatte sie eben lieb, was ist daran schlecht?«

»Nun, es ist schlecht, weil sie darunter litt. Das hat sie auch mir gegenüber zugegeben, als sie klein war. Ich habe ihr geraten, mit dir darüber zu sprechen. Sie hat es versucht, aber du hast ihr eingeredet, dass ich sie nur beeinflussen wollte.«

»Das ist nicht wahr.«

»Ich stand hinter der Badezimmertür und habe alles mit angehört, Mama.«

Diane sah, wie fassungslos ihre Mutter war, und erkannte, dass sie nicht log. Sie hatte es vergessen.

»Ich war also eine schlechte Mutter, ja?«

»Nicht für Nicolas. Dem geht es sehr gut. Ich treffe ihn manchmal an der Uni.«

»Aber dir scheint es auch gutzugehen.«

»Nein, mir geht es nicht gut. Ich bin kalt, erinnerst du dich?«

»Ja. Das warst du schon immer.«

»Nein, nicht, als ich klein war. Ich habe mich dazu gezwungen, es zu werden, um dich zu ertragen.«

»Ich habe dich nie misshandelt.«

»Ich habe das Haus verlassen, als ich fünfzehn war, Mama.«

»Ja, und ich habe nie verstanden, warum.«

»Du hast in der ganzen Stadt herumerzählt, dass ich nie über den Tod meiner Großeltern hinweggekommen bin. Hattest du wirklich keine Ahnung, dass ich deinetwegen gegangen bin?«

»Nein. Meinetwegen?«

Auch diesmal war der Mutter anzusehen, dass sie aufrichtig war. An der Universität und im Krankenhaus hatte Diane ausreichend Gelegenheit gehabt, zu beobachten, wie erschreckend leicht Menschen vergessen konnten: Sie vergaßen, was ihnen nicht passte, oder besser, sie vergaßen, wann es ihnen gerade passte, also ziemlich oft. Doch nun merkte Diane, wie tief das Leid ihrer Mutter war und wie wahrhaftig ihr Vergessen.

»Du weißt aber schon, dass mangelnde Erinnerung keine Entschuldigung ist, Mama?«

»Entschuldigung wofür?«, fragte Marie, der nicht einmal ihr Vergessen bewusst war.

Diane fühlte sich versucht, ihr alles zu erzählen. Nur die Angst, zu weit zu gehen, hielt sie davon ab. Sie spürte, dass sie fähig gewesen wäre, ihre Mutter umzubringen, gleichzeitig wusste sie, dass kein Akt oder Wort sie erlösen konnte. Im Gegenteil, eine Beichte hätte sie womöglich für immer in die Hölle ihrer Kindheit verdammt, der sie so mühsam entronnen war.

Hätte Marie anders handeln können? Wahrscheinlich nicht, dachte Diane. Sie verfügte nicht über genügend Intelligenz und Distanz zu sich selbst. Wozu nach so vielen Jahren einer Person Vorwürfe machen, die unfähig war zur Selbsterkenntnis?

Diese Frau, die mit traurigem, fragendem Blick vor ihr stand, war unschuldig, befand Diane. Ihr Vergehen war zwar für Diane weder verjährt noch vergessen. Aber sie sah, dass ihre Mutter wie von einem Dämon getrieben war. Diane erinnerte sich daran, wie ein Abgrund sie fast verschlungen hätte, als ihre Mutter Célia mit einer Liebe überschüttete, die sie ihr absichtlich vorenthielt. Marie lebte in diesem Abgrund. Dass sie durch eigenes Ungeschick und Dummheit hineingefallen war, machte ihr Schicksal nicht weniger tragisch. Was sie ihr, Diane, angetan hatte, war nur der Ausdruck eines fehlgeleiteten Narzissmus, der ihr anscheinend nicht bewusst war.

»Bist du immer noch so eifersüchtig, Mama?«

»Was meinst du?«

Sie war vollkommen ahnungslos. Wenn ihr aber nicht klar war, dass sie unter Eifersucht gelitten hatte, dann konnte sie auch nicht sagen, ob sie davon geheilt war. Wie sollte Diane das also in Erfahrung bringen?

»Ist Célia genauso hübsch wie du früher?«, fragte Diane. »Ich habe sie seit zehn Jahren nicht gesehen.«

»O ja! Sie ist so eine gutaussehende junge Frau geworden! Mein ganzer Stolz! Ich muss aber zugeben, dass du noch schöner bist als sie«, fügte Marie hinzu, ohne dass ein bitterer Zug um ihren Mund zu entdecken gewesen wäre. »Willst du nicht wieder nach Hause kommen? Du bist doch erst fünfundzwanzig, wir könnten versuchen, die verlorene Zeit nachzuholen.«

›Sie ist noch immer so dumm‹, seufzte Diane innerlich. ›Das würde ihr so passen, wenn ich den Lückenbüßer spielte, nachdem Célia sich verpisst hat.‹

»Es ist zu spät, Mama«, sagte sie nur.

»Zu spät wofür?«

»Du weißt, dass ich Assistenzärztin bin. Mein Leben findet die meiste Zeit im Krankenhaus statt.«

»Du wirst oft mit einer Frau meines Alters gesehen, einer Professorin, wie es scheint.«

»Geht das schon wieder los mit dem Tratsch?«

»Wer ist sie?«

»Olivia Aubusson, Dozentin für Kardiologie.«

»Olivia? Wie lustig! Diesen Namen hatte ich eigentlich für dich ausgesucht.«

»Wirklich?«

»Ja. Aber dein Vater war dagegen.«

»Ich muss gehen«, sagte Diane, die genug gehört hatte. »Sei Suzanne eine gute Mutter, Mama!«

»Sicher«, erwiderte Marie, als wäre das selbstverständlich. »Bis bald, Töchterchen.«

Diane verspürte ein großes Bedürfnis, mit jemandem zu reden. Zu dumm, dass sie in dieser Nacht Dienst hatte. Sonst hätte sie sich mit Élisabeth getroffen. Andererseits hätte sie ohnehin nicht schlafen können. ›Dann lieber arbeiten‹, dachte sie.

Stundenlang saß sie am Bett einer alten Dame, die allergisch auf Einsamkeit reagierte.

Ein Sturm unter ihrem Schädel. Alles, was die Mutter gesagt hatte, wirbelte durch Dianes Kopf, unbedeutende Bemerkungen schienen einen gefährlichen Hintersinn zu enthalten. Schwer zu sagen, was sie am meisten verletzte: dass ihre einstige Göttin jetzt so sehr litt oder dass sie die Hölle ihrer Kindheit leugnete. Diane gehörte nicht zu denen, die das Leid ihrer Peiniger als Genugtuung empfinden. Obwohl Célia ihrer Meinung nach richtig handelte, war es doch auch schrecklich, dass sie davonlaufen und ihr Kind im Stich lassen musste, um ihm nicht zu schaden. Und was den Vorschlag ihrer Mutter anbelangte, in den Schoß der Familie zurückzukehren, so kränkte sie dieser wie eine furchtbare Ironie des Schicksals.

Lag sie vollkommen daneben, wenn sie aus der Bemerkung ihrer Mutter, Olivia sei etwa gleich alt wie sie, Sarkasmus heraushörte? Wie konnte man die beiden vergleichen? Marie hatte das Alter der Besiegten, Olivia das der Siegerinnen. Und schließlich stieß Diane die Offenbarung, dass sie fast auf denselben Namen getauft worden wäre, übel auf.

Mitten in der Nacht verspürte sie den Wunsch,

Olivia alles zu erzählen. Eine Stunde später schwor sie sich, das niemals zu tun. In der Beziehung zu dieser großartigen Frau hatten Vertraulichkeiten keinen Platz, und das nicht etwa, weil sie ihr nicht vertraute, sondern weil sie sich für das Eingeständnis ihrer Schwäche geschämt hätte. Welcher Schriftsteller hatte noch mal gesagt, dass jedes Leben sich auf ein elendes Häufchen Geheimnisse reduzieren lasse? Auf keinen Fall würde sie diese mit Olivia teilen. Sie wollte mit ihrer Freundin auf Augenhöhe sein, nicht im Morast der Vergangenheit stochern.

Diane wäre es lieber gewesen, wenn dieses Gespräch mit ihrer Mutter nie stattgefunden hätte. *Home is where it hurts:* Der Schmerz, den sie empfand, machte ihr bewusst, dass sie sich wieder auf ihr Elternhaus eingelassen hatte.

Um sechs Uhr morgens endete ihr Nachtdienst. Die Uni begann um acht, da blieb keine Zeit zum Schlafen. Sie hing in den Vorlesungen herum wie ein Zombie und traf sich anschließend mit Olivia zum Mittagessen.

»Sie sehen ja fertig aus!«

»Ich hatte die ganze Nacht Dienst.«

»Normalerweise machen Sie aber am nächsten Tag trotzdem nicht so ein Gesicht.«

Diane fürchtete, nicht mehr lange durchzuhalten. Daher stürzte sie sich auf ein ganz anderes

Thema: »Ich habe nachgedacht, Olivia, ich finde, Sie sollten sich habilitieren.«

»Was hat Sie denn gebissen?«

»Das geht mir schon länger durch den Kopf.«

»Deshalb Ihre Leichenbittermiene?«

»Ständig spotten Sie über Ihre Kollegen. Aber in Wahrheit lachen Sie doch nur über sie, um nicht zu weinen. Es ist so ungerecht, dass Sie den Professorentitel nicht haben!«

»Das ist mir egal.«

»Wenn es Ihnen wirklich egal wäre, würden Sie nicht so viel darüber reden.«

»Ich rede nur darüber, um die, die ihn haben, schlechtzumachen.«

»Eben. Aber Ihnen stünde er wirklich zu.«

»Hören Sie auf, Sie wissen gar nicht, was Sie da anzetteln. Für eine Habilitation muss man Dutzende Artikel veröffentlicht haben. Ich kann mit keinem einzigen dienen.«

»Es mangelt Ihnen aber weder an Ideen noch an Schreibtalent.«

»Für die Habilitation zählen nur amerikanische Publikationen. Ich müsste die Artikel auf Englisch verfassen und auf einem Datenträger abliefern – beides für mich unüberwindliche Hindernisse.«

»In Englisch und Informatik war ich immer gut. Wir könnten das gemeinsam machen.«

Verblüfft hielt Olivia mit dem Essen inne, ihre Gabel schwebte einen Moment lang in der Luft.

»Sie machen sich keine Vorstellung davon, was das für eine Wahnsinnsarbeit ist. Selbst ohne den Job als Assistenzärztin könnten Sie das nicht leisten.«

»Wetten, doch?«

»Und warum sollten Sie das tun?«

»Weil es mich krank macht, dass Sie den Titel nicht haben, obwohl Sie ihn verdient hätten. Die anderen sind doch alles Hochstapler.«

»Diese Hochstapler werden allerdings meine Habilitation bewerten.«

»Und haben Sie eine Chance?«

»Ich habe mich nie öffentlich über sie lustig gemacht oder sie beleidigt.«

»Gut, dann steht die Entscheidung fest.«

»Das sind mindestens zwei Jahre harte Arbeit.«

»Ein Grund mehr, gleich anzufangen und keine Zeit zu vergeuden.«

»Das heißt auch, dass Sie zwei Jahre lang kaum jemand anderen zu Gesicht bekommen werden als mich.«

»Wir kommen doch gut miteinander aus. Essen Sie Ihren Salat, Olivia, wir haben noch viel vor.«

Das war die Rettung. Diane würde künftig anderes im Kopf haben als ihre Mutter. Und die Aussicht auf eine Zusammenarbeit mit dieser wunderbaren Person beflügelte sie.

1997 hatte fast niemand einen tragbaren Rechner. Im Büro der Dozentin allerdings stand ein Riesencomputer.

»Ich kann ihn nicht bedienen«, gab Olivia zu.

Diane stellte zwei Stühle vor den IBM. Während der folgenden beiden Jahre verbrachten die Freundinnen jede freie Minute dort. Oft blieben sie bis drei, vier Uhr morgens. Sonntags brachten sie sich etwas zu essen mit.

»Und wer kümmert sich um Ihre Tochter?«, fragte Diane.

»Stanislas ist ein toller Vater. Er bringt sie zur Schule und holt sie pünktlich zum Ende des Unterrichts wieder ab, dazwischen arbeitet er von zu Hause aus. Und bei Ihnen, gibt es da jemanden, der Sie vermisst?«

Diane fand die Frage geschickt gestellt.

»Nein«, antwortete sie.

Das war gelogen. Vor ein paar Tagen hatte sie eine peinliche Befragung durch Élisabeth über sich ergehen lassen müssen. »Fühlst du dich sexuell angezogen von dieser Aubusson?«, wollte sie wissen.

Diane warf ihrer besten Freundin den gleichen Blick zu, mit dem wohl Cäsar Brutus angesehen hatte, bevor er seinen letzten historischen Satz von sich gab.

»Das würde mich nicht schockieren«, fuhr Élisabeth fort.

»Mich würde es auch nicht schockieren, es ist nur nicht so.«

»Schade. Mir wäre es lieber gewesen.«

»Das ist ja ganz was Neues!«

»Wenn du in sie verliebt wärst, könnte ich dein Verhalten verstehen. Aber so begreife ich es einfach nicht.«

»Mit ihr Artikel zu schreiben finde ich total aufregend.«

»So aufregend, dass du zu nichts anderem mehr kommst? Nicht einmal zum Schlafen.«

»Ja.«

»Und wie viel wiegst du? 45 Kilo?«

»Lass mich in Ruhe!«

»Müssen Kardiologinnen so dünn sein?«

»Die meisten Herzprobleme kommen von Überernährung und/oder Übergewicht. Da geht man doch besser mit gutem Beispiel voran.«

»Zwischen Adipositas und Anorexie ist aber noch ein bisschen Spielraum.«

Eigentlich gab Diane Élisabeth recht. Aber wenn Olivias Blick auf Butter, Käse oder Fleisch fiel, schaute sie immer drein wie eine Erzkatholikin angesichts des Teufels. Sie ernährte sich ausschließlich von Rohkost und ein wenig trockenem Brot.

Als zum ersten Mal einer ihrer Artikel veröffentlicht wurde, machte Diane eine Flasche Wein auf. Olivia beäugte sie misstrauisch.

»Das ist gut für den Kreislauf!«, meinte Diane.

»Mir schenken Sie bitte nur ganz wenig ein.«

Von dieser asketischen Haltung abgesehen, war Diane wirklich begeistert von ihrer gemeinsamen Arbeit. Mithilfe des Computers produzierte sie Diagramme, die Olivia beeindruckten. Als sie sie in Zeitschriften abgedruckt sah, jubilierte sie: »Unsere Beweisführung hat die Amerikaner überzeugt!«

Dieses »unsere« machte Diane stolz. Was für eine Ehre, einer so brillanten Wissenschaftlerin assistieren zu dürfen! Was machte es da aus, wenn sie nur drei Stunden Schlaf pro Nacht und nie Urlaub hatte! Jedenfalls wurden ihre Leistungen an der Uni davon nur noch besser.

Sechs Monate vor dem Abgabedatum schlug Olivia Diane vor, selbst zu unterrichten.

»Das kann ich nicht!«

»Aber natürlich können Sie das. Sie machen das bestimmt exzellent.«

Drei Monate später hielt Diane ihre erste Vorlesung. Erfolgreich. ›Ich bin keine siebenundzwanzig und halte schon Vorlesungen an der Uni …‹, dachte sie verblüfft. ›Danke, Olivia!‹

Als ihr Bruder Nicolas sie zu seiner Hochzeit einlud, schrieb sie ihm eine sehr nette Absage, in der sie sich dafür entschuldigte, dass sie nicht kommen konnte. »Es ist ein Zusammentreffen ungünstiger Umstände«, erklärte sie. »Sobald ich Zeit habe, holen wir das nach.« Nicolas war gekränkt und antwortete nicht. Das tat Diane leid, aber was konnte sie tun? Sie musste sich auf die Vorlesungen vorbereiten, ihre Doktorarbeit schreiben, Nachtdienste schieben und vor allem Olivia für deren bevorstehende Habilitation coachen.

»Es ist die Hochzeit deines Bruders, dafür hättest du dir schon mal freinehmen können!«, schimpfte ihr Vater am Telefon.

Papa, der nicht einmal versucht hatte, herauszufinden, warum seine Tochter mit fünfzehn von zu Hause ausgezogen war, empörte sich im Namen der Familie, dass sie einem gesellschaftlichen Ereignis fernblieb.

»Versuch mich zu verstehen, Papa«, sagte sie, wobei sie sich sehr bemühte, ruhig zu bleiben. »Ich habe gerade angefangen, an der Uni zu unterrichten, ich arbeite an meiner Doktorarbeit …«

Aufgeregt fiel der Vater ihr ins Wort. Seine Tochter unterrichtete an der Uni! Ein solches Wunderkind durfte sich natürlich alles herausnehmen! Er stammelte etwas wie »Gratuliere, Liebling«, und legte auf. Bestimmt wusste es in der nächsten halben Stunde die ganze Stadt, dachte Diane. Das machte sie aber nicht stolz, sondern ziemlich wütend.

Zum Glück fand bald die Habilitationsprüfung statt! Diane hatte anderes zu denken. Was für eine phantastische Zerstreuung diese Veranstaltung doch war! Olivia stellte sie als ihre Rechercheassistentin vor, so dass sie bei der Prüfung dabei sein durfte. Diese war kein abgekartetes Spiel: Olivia musste eine Jury aus Professoren überzeugen, denen sie weit überlegen war, ohne sie vor den Kopf zu stoßen. Dafür scheute sie auch vor den üblichen Höflichkeitsfloskeln und Schmeicheleien nicht zurück: »Dank Professor Pouchard, dessen Fachkompetenz enorm hilfreich für mich war«, »Wie Professor Salmon in seinem brillanten Artikel betonte …« Bei der Verteidigung ging es darum, die Kohärenz ihrer zwölf unlängst in amerikanischen Fachzeitschriften erschienenen Artikel zu demonstrieren. Das machte sie glänzend.

Für Diane war es die Krönung. Sie bewunderte die Eloquenz, Intelligenz und Gewandtheit ihrer Freundin und ließ die letzten zwei Jahre intensiver Zusammenarbeit und tiefer Verbundenheit Revue passieren, die Momente der Verzweiflung und die gemeinsam bewältigten Probleme. Dass sie so eine unverzichtbare Rolle bei diesem lange verdienten Aufstieg spielte, war für sie die größte Befriedigung ihres Lebens.

Nach der Prüfung zog sich die Jury zur Beratung zurück.

»Bravo!«, sagte Diane, als Olivia auf sie zukam. »Sie waren großartig!«

»Wirklich?«, murmelte Olivia, noch wie in Trance.

Nachdem sie eine Weile angespannt gewartet hatten, kam die Jury wieder. Yves Pouchard gratulierte Madame Olivia Aubusson im Namen der Prüfungskommission zur bestandenen Prüfung und dem damit erworbenen Titel. Olivia zerquetschte Diane fast die Hand, bevor sie ihre jedem ihrer neuen Kollegen gab.

Als sie den Hörsaal verließen, versicherte sie Diane, dass sie nie vergessen würde, wem sie ihren Titel verdanke.

»Es ist bei uns guter Brauch, dass jeder frischgebackene Professor ein kleines Fest gibt. Meines findet übermorgen Abend im Beratungszimmer statt. Dann lernen Sie meinen Mann kennen – und ich sehe ihn endlich mal wieder!«

»Kann ich Ihnen bei der Vorbereitung helfen?«

»Ich glaube, Sie haben mir schon genug geholfen, Diane. Sie müssen Ihre Doktorarbeit schreiben.«

Nachdem sie seit über zwei Jahren jede freie Minute mit Olivia verbracht hatte, kamen Diane die folgenden achtundvierzig Stunden ohne sie ziemlich seltsam vor. Am Abend der Feier war sie umso glücklicher, sie wiederzusehen.

»Diane, darf ich Ihnen Stanislas vorstellen?«

Olivias Mann war um die fünfzig, schlank und elegant, eine angenehme Erscheinung.

»Ihr könnt euch ja inzwischen miteinander bekannt machen«, sagte Olivia und ließ sie allein, um ihre Gäste zu empfangen.

Eine schwierige Übung. Stanislas hörte kaum zu, und wenn, war es noch schlimmer. »Warum fragen Sie das?«, erwiderte er aufgebracht, obwohl sie ihn gar nichts gefragt hatte. Stellte sie ihm tatsächlich eine Frage, gab er keine Antwort. Schließlich wurde ihr klar, dass sie am besten gar nichts sagte. Ihr Verstummen beruhigte ihn sofort, und er wirkte wieder so sympathisch wie zu Beginn. Sie entschuldigte sich und versuchte, mit anderen ins Gespräch zu kommen. Was ihr auch nicht ganz leichtfiel, wahrscheinlich, weil sie zwanzig Jahre jünger war als der Durchschnitt und sich die meisten sichtlich fragten, warum sie eigentlich eingeladen war.

Der Höhepunkt des Abends war Olivias Ansprache. Bewegt stieg sie auf das Podest und ergriff das Wort: »Mit fünfzehn Jahren entdeckte ich den berühmten Satz von Alfred de Musset: ›Klopf an dein Herz, denn da sitzt das Genie.‹ In der Jugend treffen einen solche Erkenntnisse wie ein Blitzschlag. Von da an wusste ich, dass ich mein künftiges Leben der Erforschung dieses Organs weihen wollte …«

Diane war wie vom Donner gerührt und hörte nicht mehr zu.

Die Rede endete in donnerndem Applaus. Yves Pouchard brachte einen Toast auf Olivia aus. Niemand bemerkte, dass Diane die Feier verlassen hatte.

Am nächsten Tag fragte sich Diane, warum sie am Abend dermaßen die Fassung verloren hatte. Alfred de Musset war nicht ihr Eigentum. Nach zwei Jahren fast ununterbrochener Zusammenarbeit war es doch normal, dass Olivia manchmal ihrer beider Erinnerungen durcheinanderbrachte. Sie nahm sich vor, nicht mehr darüber nachzudenken.

Wie üblich trafen sie sich zum Mittagessen.

»Es war sehr schön gestern«, sagte sie höflich.

»Ja, nicht wahr?«, antwortete Olivia und berichtete vergnügt von tausend kleinen Ereignissen des Vorabends. Es beruhigte Diane, dass ihre Abwesenheit nicht aufgefallen war.

»Und wie fanden Sie Stanislas?«

»Ähm, wie soll ich sagen ...«

Olivia barst fast vor Lachen.

»Tut mir leid, ich hätte Sie warnen sollen. Sein Spezialgebiet in der Mathematik ist die Topologie.«

»Und was ist das?«

»Ehrlich gesagt, habe ich das nie ganz begriffen. Aber es ist bekannt, dass es Menschen seltsam macht. Wenn man ihn nicht anspricht, ist alles gut.«

»Reden Sie denn nie miteinander?«

»Meine Eltern machten das auch nicht. Als ich meine Mutter einmal darauf hinwies, meinte sie: ›Wir sind seit dreißig Jahren verheiratet, Liebes. Was hat man sich da noch zu sagen?‹ Ich habe mir dieses Verhalten nur schon etwas früher angewöhnt.«

Diane hätte ihr gern noch mehr Fragen gestellt, wollte aber nicht indiskret erscheinen.

Ein paar Tage später kündigte Olivia an, dass sie mit den anderen in der Messe essen wolle. So wurde der für die Profs reservierte Bereich der Mensa genannt.

»Dann werden Sie endlich herausfinden, ob es dort Spezialfutter gibt«, scherzte Diane.

Am übernächsten Tag ging sie in die Brasserie, doch Olivia kam nicht. Am Tag darauf genauso. Da erst begriff sie, dass ihre Freundin ihr zu verstehen gegeben hatte, dass sie nicht mehr zusammen essen würden. ›Der Titel ist ihr aber schnell zu Kopf gestiegen‹, stellte Diane verwundert fest.

Sie traf Olivia im Flur und begrüßte sie kühl.

»Sagen Sie mal, Diane, was ist los?«

»Das fragen Sie mich?«

»Ach, Entschuldigung, ich hätte daran denken sollen: Essen Sie doch mit uns in der Messe!«

»Solange Sie nur Dozentin waren, haben Sie behauptet, Sie seien dort nicht zugelassen. Und ich bin nicht einmal Dozentin.«

»Ich bin mir sicher, dass Yves und Roger das nicht so eng sehen.«

»Außerdem haben Sie mir jahrelang erklärt, wie sehr Sie diese Leute verachten.«

»Seien Sie still, man könnte Sie hören!«

Das war zu viel für Diane, sie ließ Olivia stehen.

Ein paar Tage später fand sie eine Nachricht in ihrem Fach: »Ich bedaure unser Missverständnis sehr. Kommen Sie doch heute Abend um 20 Uhr zu mir, es gibt einen schlichten Imbiss.«

Tränen traten ihr in die Augen. So lange hatte sie schon davon geträumt, von Olivia einmal nach Hause eingeladen zu werden! Wie hatte sie an ihrer Freundschaft zweifeln können?

Stanislas öffnete ihr die Tür. Sie erinnerte sich daran, wie er tickte, und sagte nur »Guten Abend«. Ohne ein Wort zu erwidern, führte er sie in das geschmackvoll eingerichtete Wohnzimmer und ließ sie dort allein. Dort saß sie eine Weile und betrachtete die Räumlichkeiten, von denen sie so oft geträumt hatte, die sich nun aber als recht gewöhnlich erwiesen.

»Ach, Diane, Sie sind schon hier? Sie hätten nach

mir rufen sollen«, sagte Olivia, als sie das Zimmer betrat.

»Ich wollte nicht stören.«

Sie unterhielten sich über dies und das. Diane freute sich, dass ihre Verbundenheit noch die alte war, und stand ganz im Banne ihrer Freundin, deren Natürlichkeit sie bewunderte.

»Ich kümmere mich mal ums Essen«, sagte Olivia und stand auf. »Aber erwarten Sie keine Wunder – das ist nicht mein Revier.«

Diane begleitete die Freundin in die Küche.

»Ich hätte drauf wetten können!«, sagte sie lachend, als sie Salat und Rohkost dort liegen sah.

»Böses Mädchen!«, erwiderte Olivia. »Zur Strafe für Ihre Unbotmäßigkeit müssen Sie jetzt den Tisch decken.«

Als Diane die Teller verteilte, sah sie zwei Augen, die sie heimlich beobachteten. Das musste Olivias Tochter sein. Sie kannte nicht einmal ihren Namen.

»Ist da jemand?«, flüsterte sie leise.

Schüchtern tauchte das Mädchen auf. Sie musste etwa zwölf sein, überschlug Diane, war aber klein und schmächtig wie eine Acht- oder Neunjährige und wagte kaum, den Blick zu erheben.

»Guten Abend! Wie heißt du denn?«

Keine Antwort.

»Na, Mariel, hast du deine Stimme verloren?«, fragte Olivia, die gerade ins Zimmer kam.

Das Kind lief davon.

»Wie niedlich!«, rief Diane.

»Ja, und so gesellig, wie Sie sicher gemerkt haben!«

»Das ist typisch für ihr Alter.«

»Ach ja? Waren Sie auch so?«

»Jeder wird auf seine Art groß.«

»Groß? Das trifft es wohl nicht ganz!«

Diane fühlte sich unbehaglich, sie brach das Gespräch ab und ging in die Küche, um Radieschen in Scheiben zu schneiden.

Fünf Minuten später sagte eine piepsige Stimme: »Du musst noch mein Zeugnisheft unterschreiben, Mama!«

Olivia schlug es auf, überflog die Ergebnisse und unterschrieb schließlich seufzend, ohne einen Kommentar abzugeben. Sofort flüchtete Mariel wieder.

»So schlimm?«, fragte Diane Olivia.

»Wie immer«, antwortete diese abfällig.

»Kann ich zu ihr?«

»Wenn Sie wollen.«

Diane tappte durch den Flur, klopfte an eine Tür, erhielt keine Antwort, öffnete sie und erblickte Stanislas, der mit offenen Augen auf dem Bett lag und die Zimmerdecke anstarrte. Schnell machte sie die Tür wieder zu und versuchte es bei der nächsten. Dort kauerte Mariel auf dem Boden.

»Zeigst du es mir?«

Stumm vor Schreck hielt das Kind ihr sein Zeugnisheft hin. Diane nahm es ihm sanft aus der Hand und blätterte: »Mariel Aubusson, 6. Klasse«, stand darin. Die Kleine hatte also vielleicht schon ein Jahr wiederholt. Ihre Leistungen waren erschütternd. Sie waren so schwach, dass die Lehrer nicht einmal Bemerkungen dazugeschrieben hatten.

›Der Vater theoretischer Mathematiker und die Mutter Universitätsprofessorin für Kardiologie‹, dachte Diane und suchte verzweifelt nach etwas, das sie lobend hervorheben könnte. Schließlich fiel ihr auf, dass sich das Kind in Turnen von einer Drei auf eine Eins verbessert hatte.

»Bravo!«, rief sie nicht allzu überzeugend. »Da hast du ja richtig Fortschritte gemacht.«

Verblüfft hob Mariel den Kopf. Ihr Lächeln war so entwaffnend, dass Diane sie an den Schultern nahm und auf beide Wangen küsste.

Als sie ins Wohnzimmer zurückkehrte, entdeckte sie im Bücherregal eine Medaille und betrachtete sie interessiert. Olivia bemerkte es und sagte stolz: »Das ist die Fields-Medaille. Stanislas hat sie mit 39 bekommen.«

Nachdem sie ihn zu Tisch gerufen hatte, setzte sich der Träger der höchsten Mathematik-Auszeichnung der Welt an seinen Platz, suchte sich nacheinander einzelne Salatblätter heraus, legte sie auf seinen Teller und studierte sie lange, um sie anschließend stumm zu verspeisen. Mariel knabberte verschüchtert und wortlos am Gemüse. Unbeeindruckt vom allgemeinen Schweigen hielt die Hausherrin während des ganzen Essens charmant das Gespräch aufrecht. Diane hätte ihr gerne zugehört, wäre nicht das Leiden ihrer Tochter so offensichtlich gewesen.

Nach dem Essen zog Stanislas sich zurück.

»Arbeite nicht zu lange, Liebling!«, ermahnte ihn Olivia.

Diane sah sie verblüfft an. Olivia strahlte vor Stolz auf ihren Gatten.

»Sie haben ihn doch mit offenen Augen auf dem Bett liegen sehen? Das ist seine Art, topologische Forschung zu betreiben. Vier Minuten pro Tag steht er auf, um seine Überlegungen auf einem Zettel zu notieren. Faszinierend, nicht wahr?«

Diane hatte eine Schachtel Pralinen mitgebracht, die Olivia zum Kaffee öffnete. Mariel sah ihre Mutter flehend an.

»Nimm dir eine, mein Schatz!«

Das Mädchen strahlte vor Freude und stieß einen

lustvollen Seufzer aus. Ob wegen der Ansprache mit »mein Schatz« oder wegen der Praline, war unklar. Lächelnd forderte Diane sie auf, sich noch eine zu nehmen.

»Auf gar keinen Fall!«, intervenierte Olivia. »Das macht dick!«

»Mariel ist doch dünn wie ein Hering!«, widersprach Diane.

»Und so soll es auch bleiben!«, erwiderte Olivia in einem so schneidenden Ton, dass ihre Tochter sich sofort in ihr Zimmer zurückzog.

Diane war entsetzt. Die Gastgeberin merkte gar nicht, wie unwohl sie sich fühlte, sondern gab noch ein paar Platitüden von sich wie: »Es ist nie zu früh, gesund zu leben«, oder: »Übermäßiger Verzehr von Milchschokolade spielt eine nicht unbedeutende Rolle bei der Entstehung kardiovaskulärer Erkrankungen.«

Unter einem Vorwand verabschiedete sich Diane. Olivia schien es als gesellschaftliches Versagen zu empfinden, dass die Freundin schon aufbrechen wollte, und versuchte Diane mit allen Mitteln zum Bleiben zu überreden (»Sie können jetzt nicht einfach gehen! Wo ich so lange auf diesen Moment gewartet habe«). Diane unterbrach sie, sie müsse unbedingt los, könne aber gern am nächsten Tag wiederkommen.

»Großartige Idee«, rief Olivia gekünstelt.

»Wenn es Ihnen passt, bin ich dann gegen 18 Uhr hier.«

Als sie am Steuer ihres Wagens saß, dachte Diane, dass das nur ein Zufall sein konnte. Wieso sollte es Gemeinsamkeiten geben zwischen diesem armen traumatisierten Mädchen und ihr selbst als Kind? Oder gar zwischen der brillanten Olivia Aubusson und ihrer Mutter? Sie verbot sich allerdings, dieses Thema weiter zu vertiefen.

Dianes Besuche wurden zu einem Ritual. Jeden zweiten Tag kam sie um 18 Uhr, um mit Mariel Hausaufgaben zu machen. Anfangs war es erschreckend: Mariel konnte, wie sich herausstellte, so eben lesen und schreiben. Diane gab sich alle Mühe, Fragen wie »Hat dein Vater/deine Mutter dir das denn nie erklärt?« zu vermeiden, um der Kleinen das Versagen ihrer Eltern, unter dem sie so litt, nicht auch noch unter die Nase zu reiben.

Olivia wiederum übte sich bei jeder passenden Gelegenheit in Vorwärtsverteidigung.

»Finden Sie es nicht auch abartig, Diane, dass immer die Mütter an allem schuld sind? Und wie ihnen ständig ins Gewissen geredet wird, dass sie sich mehr um ihre Kinder kümmern sollen? Von den Vätern redet keiner.«

»Sie haben recht, es ist eine Unverschämtheit, dass Väter nicht mehr in die Pflicht genommen werden. Es sei denn, sie sind halb autistisch.«

»Wissen Sie eigentlich, was für ein großartiger Vater Stanislas ist? Immer pünktlich, wenn er seine Tochter zur Schule bringen oder abholen soll. Mir bricht es immer das Herz, wenn ich sehe, wie Kinder vor dem Collège herumstehen und auf ihre Eltern warten.«

»Stanislas ist wirklich beeindruckend zuverlässig, was die Erfüllung seiner Aufgaben betrifft.«

»Ich finde es rührend, wie Sie sich für Mariel aufopfern, Diane, aber Sie sollten Ihre kostbare Zeit nicht so verplempern. Sie müssen bedenken: Aus meiner Tochter wird nie ein Genie.«

»Ich will sie ja nur durch die sechste Klasse bringen. Sie macht gute Fortschritte.«

»Und was macht Ihre Doktorarbeit? Und Ihr Studium?«

»Ich verbringe viel weniger Zeit mit Ihrer Tochter als mit Ihnen für Ihre Habilitation.«

»Das war aber um einiges bereichernder, nehme ich an.«

»Man kann das nicht vergleichen. Aber ich verstehe mich sehr gut mit Mariel.«

»Ja, solche Kinder gewinnt man schnell lieb, das ist bekannt.«

›Wie kann sie so niederträchtig sein?‹, fragte sich Diane. Jedenfalls betrachtete sie ihre Freundin nun mit ganz anderen Augen. Olivia ging es ausschließlich um ihr Ansehen. Ihr Lebenslauf war bestechend: eine brillante Karriere, ein bemerkenswerter Mann, der, solange man ihn nicht ansprach, ein idealer Gatte war. Und dann hatte sie auch noch eine Tochter, damit niemand ihr vorwerfen konnte, ihr »Frausein« dem Beruf geopfert zu haben. Bei diesem Gedanken sträubten sich Diane die Haare. Wie konnte eine so intelligente Person wie Olivia nur aus diesem Grund ein Kind zur Welt bringen? Diane wusste, dass Mariel kein Unfall war, weil Olivia ihr erzählt hatte, dass sie lange gebraucht habe, um schwanger zu werden.

›Sie ist deine Freundin, du solltest nicht schlecht von ihr denken‹, sagte sie sich immer wieder. Doch eine innere Stimme fragte dazwischen: ›Ist sie denn deine Freundin?‹ Um sich dessen zu versichern, musste sie sich die Zeit vor der Habilitation ins Gedächtnis rufen. Doch was war von ihrem sagenhaften Einverständnis von damals noch übrig?

Wie oft hatte Olivia sie zum Lachen gebracht, indem sie das Gehabe der Profs imitierte! Inzwischen hatte sie es vollständig übernommen. Sie stand mit ihnen auf Du und Du, nannte sie beim Vornamen und regte sich auf, wenn man nicht gleich wusste, von wem sie sprach (»Wie jetzt, welcher Gérard? Michaud natürlich!«), sie ging in denselben Fitnessclub und versäumte keine Gelegenheit, mit ihren Kollegen zusammenzusein. Auch wenn es sie ein bisschen irritierte, passte es ihr im Grunde ganz gut in den Kram, dass Diane Kindermädchen spielte, wie sie es nannte. So konnte sie

Mann und Tochter unter Dianes Aufsicht zu Hause lassen und jede Einladung annehmen.

Stanislas war unproblematisch: Sofern das Abendessen um Punkt 20 Uhr auf dem Tisch stand, gab es für ihn keinen Grund zur Aufregung, besser gesagt, zu irgendeiner Regung. Die Vorstellung, dass Mariel zwei Jahre lang keine andere Gesellschaft gehabt hatte als diesen eigenartigen, stummen Vater, sorgte bei Diane nachträglich für Empörung.

›Olivia hat sich mir gegenüber zwar schon verändert, aber ich mich ihr gegenüber noch mehr‹, dachte Diane. Aber wie hätte sie für Mariels Mutter dasselbe empfinden können wie für die Freundin von früher?

›Ich bin nicht objektiv, ich sehe sie durch meine eigenen Kindheitserinnerungen‹, sagte Diane zu sich selbst. Mariels Kummer belebte ihren eigenen von neuem. ›Dabei hatte ich noch meine Großeltern, meinen Vater und meinen Bruder. Mariel hingegen hat in all den Jahren keinerlei Zuwendung oder Aufmerksamkeit von irgendeiner Seite erfahren!‹ Man musste kein Psychologe sein, um zu erraten, dass sie auch nie gleichaltrige Freundinnen gehabt hatte.

Mariel und Diane entwickelten eine tiefe Zuneigung für einander. Wenn Diane kam, warf sich das

Mädchen in ihre Arme. Und Diane half ihr nicht nur bei den Hausaufgaben. Als sie sah, dass Mariels Haare fettig waren, riet sie ihr, sie öfter zu waschen. Das könne sie nicht, ihre Mutter wasche sie ihr »ab und zu«.

Also schäumte Diane ihr die Haare über der Badewanne ein, spülte sie und bat das Mädchen dann, sich zum Föhnen vorzubeugen. Dabei fiel ihr auf, dass es die Stirn an ihren Bauch lehnte wie sie selbst früher bei ihrer Mutter, und das ließ die Gefühle, die sie bei dieser Berührung durchströmt hatten, wieder lebendig werden.

›Aber da war ich erst sechs, Mariel ist doppelt so alt, das ist ein bisschen spät.‹ Sie brachte Mariel bei, sich selbst die Haare zu waschen.

»Ich muss mit Ihnen sprechen«, sagte Olivia eines Abends, als Mariel im Bett war.

»Nur zu!«, erwiderte Diane.

»Ich möchte mich mehr der Forschung widmen. Seit der Habilitation habe ich mich auf meinen Lorbeeren ausgeruht. Das geht so nicht weiter. Und gerade habe ich so viele Ideen.«

»Toll!«

»Deshalb brauche ich Ihre Unterstützung. Ich wollte Sie fragen, ob Sie jede zweite Vorlesung für mich übernehmen würden.«

»Das kann ich nicht, ich bin keine Professorin!«

»Kommen Sie! Natürlich können Sie das. Sie sind eine junge Frau von außergewöhnlicher Intelligenz. Sie schaffen das!«

Geschmeichelt strich Diane die Komplimente ein.

»Danke. Aber ich werde viel Zeit dafür aufbringen müssen.«

»Daran habe ich auch schon gedacht. Aber die Zeit ist ja nicht verloren. Die Erfahrung wird Ihnen von großem Nutzen sein für Ihre Doktorarbeit, Ihr Studium und selbstverständlich für Ihre Dozententätigkeit.«

»So weit bin ich noch gar nicht!«

»Wir kriegen das hin.«

Das »wir« entging Diane nicht. Sie fragte sich, wie es zu verstehen war.

»Natürlich werden Sie dann weniger Zeit für Mariel haben«, fuhr Olivia fort.

Das war die Antwort auf ihre Frage. Diane tat so, als hätte sie das nicht verstanden, und sagte: »Für Mariel habe ich immer Zeit.«

»Natürlich, und das ist ganz reizend von Ihnen«, sagte Olivia mit einem bitteren Zug um den Mund.

Diane erinnerte sich an die Worte ihrer Großmutter: »Um ihr Reich zu errichten, braucht Eifersucht keinen Grund.« Das traf auch schon auf

Dianes Mutter zu. Und wie viel mehr auf Olivia! Obwohl sie Professorin war und noch dazu eine schöne, perfekte, verführerische Frau, neidete sie ihrer schwächlichen, traumatisierten Tochter die Zuneigung einer ehemaligen Bewunderin.

Nur darum ging es, nicht etwa um den Rettungsversuch für eine zugrundegehende Freundschaft. In dem Fall hätte Olivia ein gefühlvolleres Register angeschlagen. ›Und was am schlimmsten ist: Das hätte auch funktioniert‹, dachte Diane. ›Glücklicherweise hält sie mich nur für eine doofe Karrieristin! Dann tun wir jetzt mal so, als hätte sie recht.‹

Für Diane begann nun eine weitere Phase der Strapazen. Zwischen ihren und Olivias Vorlesungen, dem Studium, den Nachtwachen und der Zeit für Mariel blieben ihr im Durchschnitt noch zwei Stunden Schlaf pro Tag. ›Ich weiß nicht, wie ich das aushalte‹, dachte sie. Ihre Müdigkeit war so groß, dass sie, vor die Wahl zwischen Essen und Schlafen gestellt, sich ohne zu zögern für das Letztere entschied – der Schlaf war zu ihrem Gral geworden. Dank dieser Diät wurde sie immer dünner.

»Sie müssen ein bisschen aufpassen«, warnte Olivia, »bald sind Sie nicht mehr hübsch!«

Angesichts dieser zweifelhaften Fürsorge spielte Diane die Rolle, die ihre einstige Freundin ihr zuschrieb: die Karrieristin.

Ihr Antrieb war eine explosive Mischung aus Hass und Liebe. Letztere galt dem kleinen Mädchen, dessen Fortschritte sie anspornten: Mariel erhielt nun fast zufriedenstellende Noten in allen Fächern. Und Diane versäumte es nie, sie zu küssen und zu beglückwünschen. Ein strahlendes Gesicht war der Lohn ihrer Mühen.

Olivia hatte sich nicht getäuscht: Diane vertrat sie in den Vorlesungen mit großem Erfolg. Obwohl es die Studenten zunächst etwas irritierte, dass die Dozentin kaum älter war als sie, ließen sie sich doch bald von ihr mitreißen. Das Feuer, das die Assistentin von Frau Professor Aubusson beseelte, ließ sie jedes Mal über sich selbst hinauswachsen.

Mit dem Hass war es komplizierter. ›Woran erkennt man, dass man jemanden hasst?‹, fragte sie sich manchmal in Olivias Anwesenheit. In ihrer Abwesenheit war es leichter. Da brauchte sie sich nur Olivias Verhalten Mariel gegenüber ins Gedächtnis zu rufen, schon hätte sie ihr den Kopf am liebsten in einen stinkenden Morast gedrückt. ›Das muss Hass sein‹, lautete ihre Diagnose. Abgesehen von solchen Anfällen empfand sie nur eine abgrundtiefe Enttäuschung. ›Eigentlich ist das ein edles Gefühl‹, dachte Diane. ›Es zeigt, wie viel ich von ihr erwartet habe.‹

Als sie gerade an einer schwierigen Passage ihrer Abschlussarbeit feilte, klopfte es an der Tür ihres Büros.

»Herein«, sagte Diane.

Es war Élisabeth. Sie hatte so lange nichts mehr mit ihr zu tun gehabt, dass sie sich wunderte, sie plötzlich in Fleisch und Blut vor sich zu sehen.

»Da du nie ans Telefon gehst, bin ich eben hergekommen.«

»Verzeih mir, ich arbeite wie ein Tier.«

»Du siehst auch aus wie ein Zombie. Sag, was ist los?«

Diane schilderte ihre berufliche Situation. Élisabeth runzelte die Stirn.

»Kriegst du das wenigstens bezahlt?«

»Selbstverständlich. In Gelddingen ist Olivia immer sehr korrekt.«

»Und in welchen nicht so?«

»Was meinst du?«

»Hast du nicht das Gefühl, dass sie dich benutzt?«

»Nein. Sie wollte erst gar nicht Professorin werden. Ich habe sie überredet, sich zu habilitieren.«

»Ja, klar. Und jetzt ist sie natürlich furchtbar unglücklich mit ihrem Titel …«

»Natürlich freut sie sich darüber. Das ist normal. Das kannst du ihr nicht vorwerfen.«

»Ich werfe ihr das nicht vor. Ich glaube nur, dass es wahrscheinlich gar nicht so schwer war, sie zur Habilitation zu überreden.«

›Sie hat recht‹, musste Diane innerlich zugeben.

»Und warum bist du eigentlich hergekommen? Du wolltest doch nicht einfach nur nachschauen, ob ich noch lebe.«

»Nein, ich wollte dich zu meiner Hochzeit einladen.«

»Waaas?«

»Kleiner Test: Wen heirate ich?«

»Keine Ahnung.«

»Deine beste Freundin heiratet, und du weißt nicht einmal, wen. Toll!«

»Ich weiß, ich war ziemlich weg vom Fenster in letzter Zeit, tut mir leid.«

»In den letzten Jahren, wolltest du sagen. Ich warne dich, ich bin nicht wie dein Bruder, ich werde dir nicht erlauben, nicht zu meiner Hochzeit zu erscheinen.«

»Und wen heiratest du?«

»Das sage ich nicht. Um das zu erfahren, musst du kommen. Du darfst gespannt sein.«

»Aber doch nicht meinen Bruder, oder?«

»Spinnst du? Darf ich dich daran erinnern, dass er schon verheiratet ist?«

»Er könnte ja inzwischen geschieden sein.«

»Wie ich sehe, hast du sämtliche Kontakte abgebrochen. Soll ich dich mit Olivia einladen?«

»Nein. Warum?«

»Die Höflichkeit gebietet, dass man Paare gemeinsam einlädt.«

»Wir sind aber kein Paar, darüber hatten wir schon gesprochen.«

»Es hätte sich ja entwickeln können. Jedenfalls, wenn du nicht mit ihr zusammen bist, bist du mit niemandem zusammen.«

»Wenn das alles ist, was du wissen willst, kannst du mich auch direkt fragen.«

»Wie empfindlich du geworden bist! Hör zu, ich heirate am 30. März. Solltest du nicht erscheinen, komme ich und hol dich. Du kannst dich nicht drücken.«

›Bis zum 30. März ist es noch lange hin‹, dachte Diane. Doch die Monate verflogen erstaunlich schnell. Da sie ständig arbeitete, war die Zeit dünn geworden. Jeder Tag war wie ein weggeworfener Butzen, von dessen Fruchtfleisch nichts für sie übrig blieb.

Eines Morgens im Januar fiel ihr ein, dass sie 28 geworden war. ›Ich könnte genauso gut 46 sein‹, dachte sie ohne innere Regung.

So rückte der 30. März mit Riesenschritten heran. Am Tag X fiel ihr ein, dass sie nichts anzuziehen hatte. In ihrer Garderobe fand sie einen Rock und ein passendes Oberteil. Die Sachen schlotterten zwar fürchterlich an ihr, würden aber als elegant durchgehen. ›Darauf kommt es nicht an‹, dachte sie. ›Was mich stört, ist vielmehr, dass ich wertvolle Stunden verschwende.‹

Élisabeth, die in ihrem weißen Kostüm hinreißend aussah, stellte Diane ihren Mann vor, einen gewissen Philippe, der sehr sympathisch wirkte (tatsächlich war Diane sehr gespannt auf ihn gewesen, und ihre Erwartungen wurden nicht enttäuscht).

Monsieur und Madame Deux freuten sich, sie wiederzusehen, und sie war überrascht von den starken Gefühlen, die in ihr aufkamen. Dieses Kapitel ihres Lebens hatte sie längst für abgeschlossen gehalten.

Als sie sich ein Glas Champagner holte, entdeckte sie zu ihrer Verblüffung Olivia unter den Hochzeitsgästen, frisch vom Friseur und offensichtlich in Feierlaune.

Sofort wollte sie von Élisabeth wissen, warum sie sie eingeladen habe. Sie habe ihr pro forma eine Karte geschickt, antwortete diese, und sich gewundert, wie schnell sie zugesagt habe.

»Ich habe sie mit ihrem Mann eingeladen, der auch hier ist. Stört dich das?«

»Nein, überhaupt nicht.«

Vor allem, da Olivia ihre Anwesenheit gar nicht bemerkt hatte. ›Das bedeutet also: mehr Zeit der Forschung widmen!‹, dachte Diane sarkastisch. ›Deshalb sollte ich die Hälfte ihrer Vorlesungen übernehmen!‹ Trotzdem konnte sie ihre Bewunderung nicht unterdrücken. Was war mit der etwas steifen Person passiert, die sie vor drei Jahren kennengelernt hatte? Sie war exquisit gekleidet und lachte bei jeder Gelegenheit. Männer wie Frauen hatten nur Augen für sie. ›Wo ist ihre Strenge hin?‹, fragte sich Diane.

Zu ihrem Unglück kannte sie die Antwort auf diese Frage. Als sie sich für die Hochzeit geschminkt hatte, war sie erschrocken über ihr hartes Gesicht. Das lag nicht nur daran, dass sie so dünn war. Sie hatte ihre ganze Anmut an Olivia verloren.

Einen Moment lang erfreute sie sich an der Schönheit ihrer früheren Freundin. Doch mit einem Mal fühlte sie, wie ihre Seele zerbrach und einen Abgrund freigab, der ihr ganzes Wesen zu verschlingen drohte, so mächtig war der Sog dieses Schmerzes.

Aber sie wehrte sich. ›Das kann nicht sein. So schnell beiße ich nicht ins Gras!‹ Sie musste unbedingt woanders hinschauen. Etwas abseits erkannte sie Stanislas, in die Betrachtung seines Fruchtsaftglases versunken. Diane konnte nur einen einzigen Gedanken fassen: dass Mariel jetzt allein zu Hause war und sie am liebsten bei ihr gewesen wäre, um diesem Mummenschanz zu entgehen.

Olivia ging es offensichtlich nicht so. Ohne sie anzusehen, näherte sich Diane, um sie zu belauschen. »… Ihr Sohn, ja, ich kenne ihn, Maxime, ein aufgeweckter junger Mann«, sagte Olivia zu einer Dame. »Es ist eine Freude, solche Studenten zu haben.« Diane musste sich zurückhalten, um nicht laut loszulachen, weil sie genau wusste, dass sich Olivia die Vornamen ihrer Studenten nie merken konnte. »Aber ja, ich unterrichte seit über zwanzig Jahren an der Universität! Oh, das sieht man mir gar nicht an? Wie liebenswürdig von Ihnen! Man könnte auch sagen, ich arbeite so viel, dass mir gar keine Zeit zum Älterwerden bleibt!« ›Verlogenes Luder!‹, dachte Diane. Erleichtert stellte sie fest, dass der Abgrund in ihrer Seele sich wieder geschlossen hatte.

»Der Champagner ist ein Gedicht!«, hörte sie Olivia sagen. »Deutz? Den würde ich unter Tausenden wiedererkennen. Ich sage ja immer: Der Sinn des Lebens ist, großartigen Champagner zu genießen!« Auch das reizte Diane zum Lachen, wusste sie doch, dass Olivia Champagner fürchtete wie die Pest, weil sie ständig Angst hatte, die Kontrolle zu verlieren. Sie warf einen schnellen Blick auf das Glas: Es war quasi unberührt.

»Kannst du nicht mal woanders hinschauen?«, fragte Élisabeth.

»Ich hatte dich doch gebeten, sie nicht einzuladen.«

»Und ich bin froh, dass ich es trotzdem getan

habe. So kann ich das ganze Ausmaß des Dramas erkennen.«

»Musst du mich ständig verurteilen?«

»Ich verurteile dich nicht. Ich mache mir nur Sorgen. Du verrennst dich gerade furchtbar. Du musst dich von dieser Frau lösen, glaub mir. Ach, schau an, wenn man vom Teufel spricht …«

Olivia kam, um der Braut zu gratulieren, und tat überrascht, dass Diane auch da war: »Ach, das sind Sie, dieser hübsche Kleiderständer!«

»Die Forschung tut Ihnen gut, Sie sehen umwerfend aus!«, erwiderte Diane.

»Ja, man merkt gleich, dass Sie eine großartige Unterstützung haben«, warf Élisabeth ein.

Olivia spürte, dass sie nicht erwünscht war, und ließ sich lächelnd von einer der vielen Personen, die mit ihr sprechen wollten, in eine Unterhaltung verwickeln.

»Arrogante Pute!«, schimpfte Élisabeth.

»Als ich sie kennenlernte, war sie ganz anders.«

»Hörst du endlich auf, sie in Schutz zu nehmen? Sie ist ein Ekel! Schau, wie sie sich aufbläst und an die Leute ranschmeißt! Du hast dich abgerackert, damit sie ihre Professur kriegt, und jetzt benutzt sie den Titel, um damit anzugeben! Und du stopfst dich ab sofort mit Konfekt voll. Das ist ein Befehl! Deine Magerkeit tut mir weh!«

»Ich möchte mich entschuldigen wegen neulich Abend«, sagte Olivia zu Diane, als diese wieder einmal Mariel besuchte.

»Was meinen Sie?«

»Die Hochzeit Ihrer Freundin. Ich war nicht sehr nett zu Ihnen. Keine Ahnung, was da in mich gefahren ist.«

»Schon vergessen.«

»Dann ist es ja gut. Sie sind mir wichtig, wissen Sie? Ich möchte Ihnen einen Vorschlag machen.«

›Was kommt denn jetzt wieder?‹, fragte sich Diane, die befürchtete, dass Olivia ihr noch mehr Arbeit aufbürden wollte.

»Ich würde Sie gern duzen.«

Das kam so überraschend, dass Diane große Augen machte. Gerührt willigte sie ein.

»Einverstanden? Ach, da freue ich mich aber. Ist ja auch viel netter.«

»Du musst aber nachsichtig sein, ich werde mich bestimmt oft vertun.«

»Kein Problem. Wir hätten seit langem zum Du übergehen sollen. Aber es ist mir erst eingefallen, als ich hörte, dass Mariel dich duzt.«

Diane tobte innerlich. ›Ich hätte es ahnen können! Und ich habe das tatsächlich für ein Zeichen der Freundschaft gehalten, obwohl es doch nur wieder die Eifersucht auf ihre Tochter ist!‹

Bald bereute sie ihre Zustimmung bitter. Denn mit dem Sie ging das letzte Fünkchen Respekt verloren, das Olivia ihr manchmal bezeugt hatte. Hatte es früher geheißen: »Verzeihung, wie weit sind Sie mit der Korrektur der Klausuren?«, fragte sie nur noch: »Fertig korrigiert?«

Überhaupt war das große Abwesende beim Duzen das Du: Olivia sprach sie einfach gar nicht mehr an.

Diane nahm ihren ganzen verbliebenen Mut zusammen, um Olivia zu sagen, dass sie ihr keine Vorlesungen mehr abnehmen könne.

»Im September promoviere ich. Und ich bin noch überhaupt nicht vorbereitet.«

Das war für Olivia kein Grund, es sei doch erst April.

»Ich kann dir helfen«, fügte sie hinzu.

»Nicht nötig.«

»Ich könnte dir ein paar Tricks aus meiner Erfahrung verraten«, beharrte Olivia.

Schließlich dachte Diane: ›Warum eigentlich nicht?‹

Olivias Eifer wunderte sie. Statt auf Urlaub zu

fahren, blieb sie den ganzen Sommer an ihrer Seite und gab ihr ein paar Ratschläge, nichts Weltbewegendes, aber vielleicht ganz gut zu gebrauchen.

Eine Woche vor der Promotion schickte Diane Olivia für ein paar Tage in die Sonne: »Du hast wirklich genug für mich getan. Ich passe inzwischen auf Stanislas und Mariel auf.«

»Danke, dass du dich um die Kinder kümmerst«, sagte Olivia lachend.

Am Tag vor Olivias Rückkehr räumte Diane die Wohnung auf. Dabei fiel ihr ein großer brauner Umschlag in die Hände, der nicht zugeklebt war. Mechanisch schaute sie nach, was drin war. Sie fand die Korrekturfahnen eines Artikels, in dem Olivia die wichtigsten und glänzendsten Ideen aus Dianes Doktorarbeit vorbrachte, ohne ihren Namen auch nur in den Fußnoten zu erwähnen.

Sie steckte die Papiere wieder in den Umschlag, setzte sich hin und dachte nach.

›Wegen Olivia werde ich mir bestimmt nicht meine Zukunft ruinieren, noch dazu, wo sie in der Prüfungskommission sitzt. Ich werde mich zusammenreißen und den Mund halten. Danach werde ich ohne eine Erklärung den Kontakt abbrechen. Sonst bringe ich sie noch um.‹

Das würde auch bedeuten, dass sie Mariel nicht mehr sehen könnte. Die Vorstellung brach ihr fast das Herz. Aber es war immer noch besser, als deren Mutter zu ermorden.

Beim Zudecken am Abend küsste sie das Mädchen besonders innig.

»Schlaf gut, mein Liebes«, sagte sie leise und schloss die Tür.

Dann sah sie ein letztes Mal ihre Doktorarbeit durch und legte sich hin. Verblüfft von ihrer eigenen Kaltblütigkeit, schlief sie ein.

Am Tag ihrer Promotion holte Diane Olivia vom Bahnhof ab.

»Musst du dich nicht noch vorbereiten?«

»Ich kann alles auswendig. Du siehst übrigens phantastisch aus.«

Das Rigorosum begann am frühen Nachmittag. Um ihren Hass zu zügeln, war Diane kontrolliert wie noch nie. Kein einziges Mal war sie gezwungen, ihre Notizen zu Rate zu ziehen. Immer wenn sie einen der Punkte ausführte, die Olivia in ihrem Artikel verwendet hatte, wandte sie sich explizit an sie. Diese trug die ganze Zeit ein stolzes Lächeln im Gesicht, als ob diese brillanten Ideen auf ihrem Mist gewachsen wären.

Die beiden anderen Prüfer stellten noch ein paar Fragen, die Diane hervorragend beantwortete. Abschließend dankte sie den Professoren für ihre »enorme Unterstützung«. Die Kommission zog sich zur Beratung zurück und kam bald darauf wieder, um Diane zum bestandenen Rigorosum zu gratulieren.

Olivia lud sie ein, das Ereignis bei ihr zu Hause zu feiern. Sie würde sich lieber mit ihr zum Essen in ihrer Brasserie treffen, erwiderte Diane, wie in den guten alten Zeiten.

Erfreut, die beiden Frauen wiederzusehen, brachten die Kellner automatisch zweimal Salat und eine Flasche Mineralwasser. Während des Essens lobte Olivia Dianes Leistung im Rigorosum.

»Ich wusste ja immer schon, dass du im Mündlichen gut bist, aber heute hast du dich selbst übertroffen.«

›Du hast noch immer nichts gemerkt‹, dachte Diane und bedankte sich.

Als das letzte Salatblatt verzehrt war, kündigte Diane Olivia eine Neuigkeit an.

»Schieß los!«

»Ich werde nicht an der Uni bleiben.«

»Wie bitte?«

»Du hast mich schon richtig verstanden.«

»Das kannst du mir nicht antun!«

»Mit dir hat es auch nichts zu tun. Ich wollte immer Menschen heilen, nicht unterrichten.«

»Aber dein Unterricht ist grandios!«

»Das ändert nichts daran.«

»Und eine solche Horrormeldung verkündest du mir direkt nach deiner Prüfung?«

»Wundert dich das? Du hättest mich doch hoffentlich nicht dafür abgestraft, wenn du es vorher gewusst hättest, oder?«

›Du machst dich über mich lustig! Und wie ich dich abgestraft hätte!‹, sagte Olivias Blick, doch Diane tat, als merkte sie es nicht.

»Was soll ich bloß ohne dich machen?« rief Olivia.

»Wie lieb«, sagte Diane, Naivität heuchelnd. »Du brauchst mich doch gar nicht.«

»Doch, natürlich tue ich das! Ohne dich werde ich überhaupt keine Zeit mehr für die Forschung haben.«

»Du hast dir in den letzten Monaten aber schon einen ordentlichen Vorsprung erarbeitet!«

»Ah, jetzt verstehe ich. Du hast bei mir herumgeschnüffelt!«

»Ich weiß nicht, was du meinst!«

»Du Dummchen! So ist das in der Forschung. Wenn du dich über so eine Kleinigkeit echauffierst, hast du einfach nichts begriffen!«

»Ich verstehe kein Wort von dem, was du sagst.«

»In Ordnung, spiel nur die Unschuld vom Lande. Du wirst schon sehen, was dich erwartet: lauter Kranke. Patienten sind der Abschaum der Menschheit. Du wirst noch deinen Studenten nachweinen, Mädchen!«

»Vor allem den Professorinnen!«

»Spotte du nur! Noch bist du unter Intellektuellen. Aber du wirst die Herzpatienten kennenlernen: In neun von zehn Fällen kommt ihr Problem daher, dass sie zu fett sind, und deine ärztliche Tätigkeit wird darin bestehen, ihnen eine Diät zu verschreiben. Wenn du ihnen empfiehlst, auf Butter zu verzichten, werden sie dich anglotzen, als ob du sie ermorden wolltest. Und wenn sie nach drei Monaten wiederkommen und du dich wunderst, dass sich überhaupt nichts verändert hat, werden sie ohne Gewissensbisse lügen: ›Ich versteh das auch nicht, Frau Doktor, dabei hab ich mich genau an Ihre Anweisungen gehalten!‹ Kardiologie als Forschungsgebiet ist etwas Edles; als Ärztin hast du es jedoch mit Schweinen zu tun.«

»Ich habe auch nichts gegen die Tätigkeit als Veterinärin«, gab Diane lächelnd zurück.

»Wie willst du mit deiner Allergie gegen Dummheit auf ein intelligentes Umfeld verzichten?«

»Ich bin nicht nur gegen Dummheit allergisch.«

»Na los, spuck's aus!«

»Du weißt es doch.«

»Ich weiß, was du mir vorwirfst. Du verurteilst mich, weil ich deiner Meinung nach eine schlechte Mutter bin. Aber mit welchem Recht eigentlich? Mal sehen, was du für eine Mutter abgibst, wenn du das Pech hast, dass dein Kind nicht so brillant ist wie du.«

»Ich werde nicht Mutter.«

»Woher willst du das wissen?«

»Ich weiß es eben.«

»Ach du meine Güte, jetzt verstehe ich, was du meinst. Als ich dich kennenlernte, warst du die Schönheit in Person. Und was ist davon übriggeblieben? So will dich ja keiner mehr!«

Erschüttert von Olivias Heftigkeit und Niedertracht, stand Diane auf und ging.

»Und komm mir nie wieder ins Haus«, schrie Olivia ihr noch hinterher, »du bist bei uns nicht mehr willkommen. Mariel kannst du auch vergessen!«

Das war das Einzige, worüber Diane traurig war.

Als sie an diesem Abend schlafen ging, wusste sie, dass sie kein Auge zutun würde. Sie war stolz darauf, getan zu haben, was getan werden musste, aber auch bestürzt über Olivias ungeheure Wut.

Bisher war Diane der Meinung gewesen, Verachtung ergäbe sich aus der Begegnung mit verächtlichen Menschen, etwa als Olivia zu Recht über den Dünkel der amtierenden Professoren gespottet hatte, bevor sie zu deren bester Freundin wurde, kaum dass sie selbst in die höhere Kaste aufgestiegen war. Jetzt wurde ihr klar, dass Olivia grundsätzlich auf andere herabsah. Verachtung lag ihr im Blut, sie suchte nach Objekten dafür und fand sie ganz leicht: dumme oder kranke Menschen, sogar ihre eigene Tochter. ›In Zukunft gehöre ich bestimmt auch dazu‹, dachte Diane bitter.

Chateaubriands berühmte Mahnung, mit Verachtung sparsam umzugehen, da so viel nach ihr schreit, kümmerte Olivia nicht, weil sie davon überquoll. Auch bei großzügigster Verteilung wäre immer noch genug übrig.

Das Gute an der Verachtung ist, dass man sich

dem Verachteten überlegen fühlen kann. Darauf wollte Olivia um keinen Preis verzichten. Aber ihr übermäßiges Bedürfnis, Verachtung zu empfinden, ließ vermuten, dass zwischen ihr und den von ihr Verachteten nur eine dünne Trennwand stand, die jederzeit umkippen konnte, wie ihr Verhältnis zu den Professoren verdeutlichte. Ob es sich mit den Herzkranken genauso verhielt?

Diane erinnerte sich an ein Gespräch, das sie vor über einem Jahr mit ihrer Freundin gehabt hatte, aber damals für bedeutungslos hielt. Sie hatte sie gefragt, ob es bei ihr irgendwelche Anzeichen von Herzproblemen gebe, weil sie so streng auf ihre Ernährung achtete.

»Nein, aber ich finde es wichtig, schlank zu bleiben«, hatte sie geantwortet.

»Mir scheint, dass Sie gar nicht dick werden können.«

»Bis zur Geburt meiner Tochter konnte ich essen, so viel ich wollte. Aber seit ich Mutter bin, schlägt bei mir alles an.«

Diane erinnerte sich, wie bitter sie dabei geklungen hatte. Ob darin womöglich ein Grund für ihre Ablehnung von Mariel zu finden war?

Wenn es doch nur Hass gewesen wäre! Denn Verachtung fand Diane noch viel schlimmer als Hass. Hass ist mit Liebe verwandt, wohingegen

Verachtung nichts mit Liebe zu tun hat. ›Wenigstens hat meine Mutter mich nie verachtet‹, dachte sie. Mariels Los ließ sie schaudern.

Am Morgen nach dieser schlaflosen Nacht fand Diane eine Nachricht von Olivia in ihrer Mailbox. ›Dass sie inzwischen mit dem Internet umgehen kann, hat sie auch mir zu verdanken!‹, dachte Diane. Unter anderem hatte sie ihr beigebracht, wie man eine Lesebestätigung einfordern konnte. Doch Diane würde diese letzte Mail auf keinen Fall lesen. Und sie kannte Olivia gut genug, um zu wissen, wie rasend sie das machen würde.

»Nur die Dummheit verlangt nach einem Abschluss«, schrieb Flaubert. Das lässt sich am besten daran erkennen, dass der Dumme im Streit stets das letzte Wort haben will.

Getreu seiner Gewohnheit ging das Leben unerbittlich weiter.

Diane arbeitete Vollzeit auf der Kardiologie. Die Patienten liebten sie, denn egal, welches Problem sie schilderten, die Ärztin hörte ihnen stets aufmerksam zu, was sie motivierte, ihre Gewohnheiten zu ändern, wenn sie dazu riet.

Trotz der vielen Arbeit lebte sie nach einem viel gesünderen Rhythmus als vorher. Sie schlief nachts länger und empfand auch Appetit. Bald sah sie wieder so umwerfend aus wie früher.

Sie beschloss, wieder Kontakt zu ihrer Familie aufzunehmen. Ihr Vater fand es schade, dass sie nicht mehr an der Universität lehrte, aber dass er nun eine Ärztin als Tochter hatte, erfüllte ihn mit Stolz. Ihre Mutter, die sich wunderbar um die kleine Suzanne kümmerte, machte es sich zur Gewohnheit, sonntags Diane und Nicolas mit Frau und Kindern zum Mittagessen einzuladen. Das Wiedersehen der Geschwister war von Freude und Herzlichkeit geprägt.

Marie bekam jedes Jahr zum Geburtstag eine Ansichtskarte von Célia. Nach den Aufgabeorten zu schließen, wanderte ihre Tochter zu Fuß um die Welt.

Élisabeth hatte zwei Söhne bekommen, Charles und Léopold. Diane, ihre Taufpatin, liebte die beiden sehr und wurde von ihnen zärtlich Tantchen genannt.

Diane hatte einige Verehrer, die sie ausnahmslos abblitzen ließ. Olivia sah sie nie wieder. Manchmal hörte sie von ihr. Das war ihr immer unangenehm.

Fünf Jahre später erfuhr sie, dass Mariel die Schule abgebrochen hatte, und war darüber sehr traurig.

Die Jahre vergingen. Diane kaufte sich ein hübsches Haus in einem eleganten Viertel. Und wurde zu einer begeisterten Gärtnerin.

Im Januar 2007 wurde Diane fünfunddreißig. Ein paar Tage später klingelten zu ihrer Verblüffung zwei Polizisten an ihrer Tür.

»In der Nacht vom 15. auf den 16. dieses Monats wurde Olivia Aubusson ermordet. Können Sie uns ein paar Fragen beantworten?«

Bestürzt bat sie die Polizisten herein. In dieser Nacht habe sie bei ihrer Freundin Élisabeth ihren Geburtstag gefeiert. Das Opfer habe sie seit sieben Jahren nicht mehr gesehen.

»Wie ist sie denn gestorben?«

»Durch zwanzig Messerstiche ins Herz.«

Entsetzt verstummte sie.

»Und ihr Mann?«, fragte sie schließlich.

»Steht unter Schock. Liegt auf dem Bett und schaut zur Decke.«

»Hat er den Mörder gesehen?«

»Nein, sie hatten getrennte Schlafzimmer. Aber hier stellen *wir* die Fragen. Hatte Olivia Aubusson ein Verhältnis?«

»Woher soll ich das wissen?«

»Sie standen ihr doch sehr nahe.«

»Ja, wir waren drei Jahre lang befreundet.«

»Wie befreundet?«

»Vorwiegend beruflich. Etwa ein Jahr lang habe ich mich auch um ihre Tochter gekümmert.«

»Was wissen Sie von dem Mädchen?«

»Sie heißt Mariel. Damals war sie zwölf. Inzwischen habe ich erfahren, dass sie die Schule abgebrochen hat, mehr weiß ich nicht.«

»Wie ist Mariels Verhältnis zu ihrer Mutter?«

»Keine Ahnung. Vor zehn Jahren hat sie sie vergöttert.«

»Wir haben vor dem Haus Reifenspuren gefunden, die nicht zum Wagen des Opfers passen. Wissen Sie, ob Mariel Auto fährt?«

»Woher soll ich das wissen?«

»Wir stellen hier die Fragen. Warum haben Sie Madame Aubusson so lange nicht gesehen?«

»Wir haben uns entzweit.«

»Wie?«

»Beruflich. Ich wollte nicht mehr mit ihr an der Uni arbeiten.«

»Warum nicht?«

»Weil das nicht meine Berufung war. Ich wollte Ärztin werden, nicht Dozentin. Das hat sie mir übelgenommen, und sie ist laut geworden. Damit war es mit unserer Freundschaft vorbei.«

Sie fragten noch ein bisschen weiter, erhielten aber von ihr immer nur die Antwort, woher sie das wissen solle. Irgendwann gingen sie schließlich und baten Diane, sich bei ihnen zu melden, falls ihr noch etwas Wichtiges in den Sinn kommen sollte. Davor hatten sie noch Élisabeths Nummer notiert, um ihr Alibi für die Mordnacht zu überprüfen.

Diane musste nicht lange überlegen, um daraufzukommen, wer Olivia ermordet hatte.

Zwanzig Messerstiche ins Herz deuten auf ein Verbrechen aus Leidenschaft. Und wer litt seit fast zwanzig Jahren unter einer enttäuschten Liebe zu Olivia?

War das nicht unendlich viel schwieriger auszuhalten als eine Beziehung, die in die Brüche geht? Diese so tiefe, unheilbare, unersetzliche, untröstliche Liebe, auf die Olivia nie anders als mit Verachtung reagiert hatte?

Die Wahl des Todeszeitpunkts war wie eine für Diane bestimmte Signatur. Dass dieser Mord an ihrem Geburtstag begangen worden war, war eine Botschaft an die geliebte Diane. Die Absicht war nicht, ihr eine Freude zu machen, sondern jeden Zweifel an der Täterschaft auszuräumen.

2007 würde die Mörderin zwanzig. So alt war Célia gewesen, als sie vor ihrer Mutter davonrannte und die kleine Suzanne zurückließ. Der Schwere des Verbrechens entsprach die Schwere der Strafe. Maries Verbrechen war viel harmloser als das von

Olivia. Marie war blind und blöde gewesen. Olivia kalt und verächtlich.

Diane erinnerte sich daran, dass die Mörderin am 6. Februar Geburtstag hatte. Sie musste also nur warten.

Am 6. Februar blieb sie den ganzen Tag zu Hause. Um 23.54 Uhr klopfte jemand mit äußerster Zurückhaltung an ihre Tür.

Sie öffnete und ließ Mariel herein.

»Alles Gute zum Geburtstag!«

Trotz ihrer zwanzig Jahre wirkte Mariel wie sechzehn. Sie war klein und dünn, und in ihren riesigen Augen glomm ein unstillbarer Hunger.

Diane stellte keine Fragen.

»Ich weiß nicht, wo ich hinsoll«, sagte Mariel.

»Hier bist du zu Hause.«

Bitte beachten Sie
auch die folgenden Seiten

Amélie Nothomb im Diogenes Verlag

»Ein Nothomb-Buch ist immer: voller Anekdoten, Schwung und wörtlicher Rede. Schlau komponiert, humorvoll trocken, ein bisschen weise und sehr unterhaltsam.« *Jochen Förster / Die Welt, Berlin*

»Ein literarischer Superstar.«
Frankfurter Rundschau

»Wie herrlich kann Bosheit sein, wenn sie in guter Prosa daherkommt!« *Le Nouvel Observateur, Paris*

Die Reinheit des Mörders
Roman. Aus dem Französischen von Wolfgang Krege

Liebessabotage
Roman. Deutsch von Wolfgang Krege

Der Professor
Roman. Deutsch von Wolfgang Krege

Mit Staunen und Zittern
Roman. Deutsch von Wolfgang Krege

Quecksilber
Roman. Deutsch von Wolfgang Krege

Metaphysik der Röhren
Roman. Deutsch von Wolfgang Krege

Kosmetik des Bösen
Roman. Deutsch von Brigitte Große

Böses Mädchen
Roman. Deutsch von Brigitte Große

Attentat
Roman. Deutsch von Wolfgang Krege

Reality-Show
Roman. Deutsch von Brigitte Große

Biographie des Hungers
Roman. Deutsch von Brigitte Große

Der japanische Verlobte
Roman. Deutsch von Brigitte Große

Winterreise
Roman. Deutsch von Brigitte Große

Den Vater töten
Roman. Deutsch von Brigitte Große

So etwas wie ein Leben
Roman. Deutsch von Brigitte Große

Blaubart
Roman. Deutsch von Brigitte Große

Eine heitere Wehmut
Roman. Deutsch von Brigitte Große

Die Kunst, Champagner zu trinken
Roman. Deutsch von Brigitte Große

Töte mich
Roman. Deutsch von Brigitte Große

Happy End
Roman. Deutsch von Brigitte Große

Klopf an dein Herz
Roman. Deutsch von Brigitte Große

Philippe Djian im Diogenes Verlag

»Keiner macht ihm diesen Ton nach, voller Humor, Selbstironie und Kraft.« *Frédéric Beigbeder*

»Vertrauen Sie dem Handwerk von Philippe Djian – Langeweile ausgeschlossen.« *Paris Match*

Betty Blue
37,2° am Morgen. Roman. Aus dem Französischen von Michael Mosblech
Auch als Diogenes Hörbuch erschienen, gelesen von Ben Becker

Erogene Zone
Roman. Deutsch von Michael Mosblech

Krokodile
Sechs Geschichten. Deutsch von Michael Mosblech

Pas de deux
Roman. Deutsch von Michael Mosblech

Kriminelle
Roman. Deutsch von Ulrich Hartmann

Sirenen
Roman. Deutsch von Uli Wittmann

Die Frühreifen
Roman. Deutsch von Uli Wittmann

100 zu 1
Frühe Stories. Deutsch von Michael Mosblech

Die Leichtfertigen
Roman. Deutsch von Uli Wittmann

Die Rastlosen
Roman. Deutsch von Oliver Ilan Schulz

Wie die wilden Tiere
Roman. Deutsch von Oliver Ilan Schulz

Oh…
Roman. Deutsch von Oliver Ilan Schulz

Marlène
Roman. Deutsch von Norma Cassau

Doris Dörrie im Diogenes Verlag

»Es ist vollkommen gleichgültig, ob Sie Doris Dörrie in der Badewanne, im Intercity-Großraumwagen, im Lehnstuhl oder in der Straßenbahn lesen, nur: Lesen Sie sie!« *Deutschlandfunk, Köln*

»Heute streiten sich die Feuilletonisten, ob sie besser Bücher schreiben kann oder besser Filme dreht. Die Antwort ist einfach: Doris Dörrie kann beides.« *Deutschland, Bonn*

Liebe, Schmerz und das ganze verdammte Zeug
Vier Geschichten
Daraus die Geschichte *Männer* auch als Diogenes Hörbuch erschienen, gelesen von Anna König

»Was wollen Sie von mir?«
Erzählungen. Mit Fotos von Helge Weindler

Der Mann meiner Träume
Erzählung
Auch als Diogenes Hörbuch erschienen, gelesen von Heike Makatsch

Für immer und ewig
Eine Art Reigen

Bin ich schön?
Erzählungen

Samsara
Erzählungen

Was machen wir jetzt?
Roman

Happy
Ein Drama

Das blaue Kleid
Roman

Mitten ins Herz
und andere Geschichten. Ausgewählt von Daniel Keel. Mit einem Nachwort der Autorin

Und was wird aus mir?
Roman
Auch als Diogenes Hörbuch erschienen, gelesen von Doris Dörrie

Kirschblüten – Hanami
Ein Filmbuch

Alles inklusive
Roman
Auch als Diogenes Hörbuch erschienen, gelesen von Maria Schrader, Petra Zieser, Maren Kroymann und Pierre Sanoussi-Bliss

Diebe und Vampire
Roman
Auch als Diogenes Hörbuch erschienen, gelesen von Doris Dörrie

Leben, Schreiben, Atmen
Eine Einladung zum Schreiben

Kinderbücher:

Mimi
Mit Bildern von Julia Kaergel

Mimi und Mozart
Mit Bildern von Julia Kaergel

H. G. Wells
im Diogenes Verlag

H. G. Wells, nach und mit Jules Verne Vater und Meister der Science-fiction und Weltfriedensphilosoph, hat Erzählungen von beispielhafter utopischer Dichte und Hellsicht geschrieben. In den phantastischen Dimensionen der Zukunft und der Vergangenheit ist das Alltägliche vom Wunderbaren nicht zu trennen. Wells entführt die Leser in atemberaubende neue Welten, in denen das Schreckliche mit dem Skurrilen, das Seltsame mit dem Märchenhaften verschmilzt.

»H. G. Wells: eine geniale Künstlernatur, die im höchsten Maße den Stempel des großen Gelehrten besitzt. Das Interessante an Wells ist, daß er nicht, wie so mancher seiner Zeitgenossen, aufhörte zu wachsen. Wer nachts nicht schläft, kann ihn wachsen hören.«
G. K. Chesterton

»Ich bewundere Wells als Schriftsteller ungemein, und er hat mich schon sehr früh beeinflußt.«
George Orwell

Krieg der Welten
Roman. Aus dem Englischen von G.A. Crüwell
und Claudia Schmölders

Die Geschichte unserer Welt
Deutsch von Otto Mandl, Helene M. Reiff
und Erna Redtenbacher

Meistererzählungen
Deutsch von Gertrud J. Klett, Lena Neumann
und Ursula Spinner. Ausgewählt von Antje Stählin

Daniela Krien

Die Liebe im Ernstfall

Roman

Sie heißen Paula, Judith, Brida, Malika und Jorinde. Sie kennen sich, weil das Schicksal ihre Lebenslinien überkreuzte. Die fünf Frauen versuchen das Unmögliche: lieben, stark sein – und sich treu bleiben. Für sie ist Liebe kein Gefühl, keine Romantik. Liebe ist eine Tat. Als Kinder und Jugendliche erlebten sie den Fall der Mauer, und wo vorher Grenzen und Beschränkungen waren, ist nun die Freiheit. Doch Freiheit, müssen sie erkennen, ist nur eine andere Form von Zwang: der Zwang zu wählen.

»Daniela Krien betrachtet scharf die Verhältnisse in jenem Dreieck, dessen Seiten Freiheit, Preis und Glück sind.«
Burkhard Müller / Süddeutsche Zeitung, München